AF206137

**Vorab gilt mein DANK
meiner Freundin Fatima.**

„Das Leben läuft".
Gelassen spricht Fatima Sakka diese
arabische Weisheit aus. Damit verhilft
sie uns allen zu einer inspirierenden
Gewissheit, dass es immer wieder neu
anzufangen gilt – in jedem Alter.

**Und DANK
an die gleichfalls inspierenden Freundinnen und Freunde**

und

**DANK
an die zitierten Dichter und Philosophen
aus der Bibliothek,** allen voran dem von mir seit meinen
Zwanzigern geschätzten **Ezra Pound** für seine Erkenntnisse
über die Liebe und natürlich zu seiner Weisheit des
'olympian apathein'.

C 2019

Herstellung und Verlag
BoD- Books on Demand
Norderstedt

ISBN 9783749451524

Karl Niemann

„Warum nicht 7 Jahre heiraten !!"

Der Bericht
einer undramatischen Zuspitzung

Teil 1 von
riskieren heisst geniessen

Teil 2 von *riskieren heisst geniessen*
demnächst: Nicht nur Herrenjahre!
Ein 50-jähriger im Ruderboot

„Warum nicht 7 Jahre heiraten!!"

**Stimmungsbild zum Bericht
„Das Nichts ist ein Loch."**

von der 14jährigen Annabell

Wie stelle ich mir das Nichts vor?

Das Nichts ist ein Loch. Wenn man hineinfällt
ist zunächst alles um einen herum hell. Man
sieht in Gedanken noch einmal die schönsten
Momente die man im Leben erlebt hat. Man
fällt immer weiter und weiter. Die Farben
um einen herum verändern sich. Desto tiefer man
fällt um so dunkler wird es. Bis auf einmal
alles nur noch schwarz ist. Schwarz und dunkel,
aber dann entdeckt man ein Licht am Ende des
Tunnels. Dort angekommen ist es hell. Vor einem
liegt eine unendlich weite und wunderschöne
Blumenwiese. Über einem befindet sich der
strahlend blaue Himmel und die strahlende
Sonne gibt einem ein warmes Gefühl ums Herz.
Man hört von irgendwoher das Meer rauschen und
Bienen und Schmetterlinge schwirren um einen herum.
Es ist wunderschön und fast wie ein Traum, jedoch
sind keine anderen Menschen dort. Dies versetzt einem
ein kleines Stechen in der Brust, denn man möchte,
dass Freunde und Verwandte diesen Traum von
dieser friedlichen und heilen Welt miterleben. Jedoch
in Gedanken ist man immer bei ihnen. Alles ist
so schön. Aber wenn das Nichts so schön ist,
warum haben viele Angst vor dem Tod und
vor dem Nichts?

Verbindung von Stimmungsbild und Bericht

Das Thema war vorgegeben: 'Wie stelle ich mir das Nichts vor?' - eine Klassenarbeit der Neunten am ehrwürdigen Städtischen Gymnasium einer Stadt mitten im Rheinland im Februar 2013. Auch die 14jährige Annabell hat sich Gedanken über das Nichts gemacht.

Im Rahmen des Kooperationsprojektes Alt : Jung in ausgewählten deutschen Städten zum Thema 'Engagement und Poesie' hatte ich die Möglichkeit, als externer Mediator für Alt : Jung ausgewählte Aufsätze einzusehen.

Den von Annabell wählte ich als Stimmungsbild für meine Berichts-Idee „Warum nicht 7 Jahre heiraten !!". Annabell, ihre Mutter und der Klassenlehrer stimmten zu.

Wie weit es die Stimmung des Berichts wirklich trifft, darüber kannst du dir jederzeit beim Lesen klar werden. Klar — auch im Nachhinein, wenn du an den Schluss des Berichtes gekommen bist.

Kann sein, du ahnst dessen Bedeutung für die folgende Geschichte. Sicher bist du dir nicht. Oder?

Doch was gibt dir schon sicheres Wissen?

Pedro Calderón de la Barca hat uns dazu schon vor mehr als 350 Jahren einen Spiegel vorgehalten, in seinem Stück >Das Leben ein Traum<:

Denn ein Traum ist alles Leben
Und die Träume selbst ein Traum"

Doch — jene verhaltene Anmerkung des Autors von Seite 28 ist von dir sehr wohl auch zum Berichtsende zu bedenken:

„Was meinen Lebensweg angeht, antizipiere ich nicht und nichts."

Wie's dazu kam, zu „Warum nicht 7 Jahre heiraten !!"

Das hat's noch nicht gegeben. Nicht für mich. Für keinen meiner Bekannten.

Erkennen konnte es kaum jemand. Wer neigt schon dazu, einem Siebzigjährigen ein Verhältnis zu einer Zwanzigjährigen zu unterstellen? Umgekehrt schon mal gar nicht.

Am ehesten mögen es noch Ansgar und Anna, die uns in Berlin beherbergten, erkannt haben, in deren Gelben Haus, dort am Grossen Seddiner See, wo wir uns ein Bett teilten; die Eltern- und Kinderbetten waren ja belegt. Auch bei Carolin, mit der wir in Düsseldorf das eine oder andere gemeinsam unternahmen, mochte es geklingelt haben.

Laureen hatte sich auf meine Anzeige zum frei gewordenen Zimmer bei wg-gesucht.de gemeldet.

„Ichsch bin ein Französin, aus der Bretagne".

Wie man sich eine Französin vorstellt, so sah sie dann auch aus. Schwarze grosse Augen wie die Piaf, kurzes dunkles Haar, dazu ein forschendes, fragendes Lächeln im Gesicht. Sie war nicht allzu gross und durchaus flott gekleidet.

Wie eine Zwanzigjährige eben!

Dass sie draussen rauchte, fand ich irgendwie normal und auch französisch. Und sie konnte sich richtig freuen. Ich erinnere mich, wie sie strahlend vor Freude ihre Vorfreude auf Berlin zeigte. Ich hatte gemeint, das es ihr vielleict gefiel, wenn ich sie zum Abschluss ihres Praktikums eine Woche mit nach Berlin nähme, wo ich ein Projekt vorbereitete. Sie sprang mit einem Satz an mir hoch, um mich ganz nah zu umarmen. Mit so viel Feuer, so vehement, das kannte ich nur von meiner letzten Ex, als ich noch deren Liebster war.

Wie wohlig ich mich bei dem Telefonat mit ihr fühlte! Das tat gut – so von Bretagne nach Berlin, wo ich mal wieder auf ein paar Tage war, gerade als ich in der Buslinie M29 am Wittenbergplatz vorbei fuhr und bei mir so gedacht habe, warum ich immer noch nicht im KaDeWe gewesen war. Es ist gleich nebenan. Von dem deutschen Kaufhaus mit x Sternen hatte ich nur gehört und im Vorbeifahren gesehen. Im Pariser Pendant, den Galéries Lafayette, war ich regelmässig. Wenn Paris mal wieder auf meiner Anwesenheit bestand. Ganz oben kann dich dort die prächtige Aussicht auf die Dächer der Stadt bis hin zur Opéra faszinieren. Und mit einem Glas Rotwein und etwas kleinem Delikaten lässt sich da gut verschnaufen.

Mit Laureen kam ich beim Telefonieren schnell überein, dass sie bei mir wohnen könne, wenn sie ihr Praktikum in der deutschen Filiale des Pariser Handelskonzerns in Düsseldorf machte. Den ersten Praktikumsteil hatte sie in der Brester Filiale nahe ihrem Wohnort an der bretonischen Küste erfolgreich absolviert.

Dann kam aber von ihr noch eine Mail.

Ich bekam grosse Augen und lachte, lachte, lachte. Sie hatte geschrieben:

„ Sehr Geehrter Ich
Danke für die Antwort.
Ich bin nur 20 Jahre alt, ist es ein Problem ? ?
In der Hoffnung auf eine Positive Antwort verbleibe ich Mit freundlichen Grüssen Laureen".

Ich schrieb zurück, es sei kein Problem.
Gut sechs Monate später hatte ich eins.

Laureen war wieder in ihrer Heimat, hatte ein zweijähriges Training on the job in ihrer Firma in Brest in Aussicht und schrieb mir:

„Lieber Ich,
Wie geht's???
Deutschland fehlt mir.
Ohhh Ich, Französen sind so Kalt... Ich denke dass sie mit
Deutsch zu lernen brauchen!!!
Schön Grüsse zu dir und noch Danke für alles...
Bis Bald
Laureen"

Es kündigte sich mir zum Jahreswechsel an; ich war aufgeregt als ich ihr Mail las:

„Meine Lieber Ich,
Zuerst wunsche ich alles Gut für dieses Neues Jahr!!
Sie fehlen mich so viel!! Ich hoffe dass uns bald wiedersehen...
Wir haben so schön Moment passieren und jetzt ich langweile
mich (ein bisschen)...
In Schule habe ich gut Note (besonder in Deutsch). Mit mein
Geld es geht manchmal gut, manchmal schlecht...Aber so ist
es...
So bis bald und vielen Grüssen
Dein Kleine Französin„

Doch es war eine weiteres Mail von Laureen nötig, damit ich in die Gänge kam – endlich aktiv wurde.

„Lieber Ich,
Entschuldigung für diese Ziet ohne neue!!!
Die Ruckher ist schwerer als ich denke!! Heute ich hatte ein
Aschluss über mein Praktikum... Das war ganz Gut!!!
Wie geht's es dir?
Für mich keine Gute Neuen, ein von meine Hunde ist gestorben.
Das war sehr Traürig für mich, es war mein erste Hund!!!
Mit Simon ich habe auch viele Probleme!! Er findet mich zu
Kompliziert und ich finde Ihn zu langweilich. So wir verstehen
uns nicht mehr ich glaube...
Jetzt ich sage Ihn was geht nicht und das gefält ihn nicht!
Düsseldorf fehlt mit!
Hier das Wetter ist Schön aber es ist ein bischen Kalt! Wir sind
bald im Winter mit Regnet und Wind. Bald, ich sende dir ein
Langere-mail.
Ps:
In Schule wie sprechen über die Alt und Jung Beziehungen. Wir
kennen über dieses Thema!!!
Bis Bald
Deine Musli"

Musli, ja so hatte ich sie genannt. Ich bin mir nicht mehr sicher
warum. Wenn es man nicht mit dem blauroten langen Schal zu
tun hat. Nach dem Kauf auf dem Türkenmarkt am Maybachufer
in Neukölln hat sie sich stets gern darin verpackt, wie eine
Muslimin.
Jetzt ruckte es in meinen Gliedern. Es hatte mich gepackt.
Ich traute mich.
Mir fällt ein, das klingt als würde ein Siebzehnjähriger endlich
die Tür oder das Fenster zum anderen Geschlecht
aufzubrechen versuchen.
Die Leiter hoch und fensterln.

Doch – ich bin Siebzig.

Die Mail ging mir dann flott von der Hand, mit meinem Zwei-Finger-Suchsystem.

„Du schreibst so schön, ma bien chére. Ich könnte dich auf der Stelle heiraten, ma Musli pas petite (m2p). Nein nicht jetzt, in 2 Jahren vielleicht. Et seulement pour les ans tant que tu et moi le voulent ca. (sept ans ou si semblable; c'est normal ou ..?). Il semble sérieux n'est-ce pas?
Quelle imagination! Nous verrons – tous."

Hatte ich ihr wirklich eine Ehe von 7 Jahren vorgeschlagen?

Poh!

Mein Mut erstaunte mich. Ich wurde dann im Mail noch konkreter:

„Wie wäre es mit einem gemeinsamen Wochenende in Paris au printemps, par exemple en mars (vendredi á dimanche)?
Ich un peu plus agé"

Die Koketterie zum Schluss musste sein. Wo sollte ich denn sonst mit meinem Stolz hin?

Ein Siebzigjähriger wagt eine Zwanzigjährige für die Ehe zu gewinnen!

Das hat ja schon goethianische Dimensionen. Goethes junge Eroberung Ulrike war damals erst 17 und er ja 72. Dass er beim Wettlauf mit ihr auf die Nase fiel. Naja, kann jedem passieren.

In dem Alter!

Oder hatte Ulrike, der Teenager derer von Leventzow, ihn, den Herrn von Goethe, erobert und damit mehr erreicht als jemals die unablässig berühmte Männer suchende Bettina von Arnim in ihren zig vergeblichen Anläufen bei Goethe? Goethe wollte bei ihr einfach nicht. Über Platonisches werden sie, Bettina und

Johann Wolfgang, demnach nicht hinausgekommen sein, höchstens im Gespräch.

Den Wettlauf würd ich auch wagen, bin ja noch ein bisschen sportlich. Und da lauf ich ganz schön flott, beim Basketballspiel in der Halle. Meine Ohren sind gespitzt, wenn da so Worte kommen wie „Der Luc, wie der noch rennen kann! Ich wünschte, ich könnte das, wenn ich mal sein Alter habe". Jedes kleine Loblied wirkt im Alter wie bei Kleinkindern:

doppelt, mindestens!

Positiv natürlich. Oder sogar Wunder!

Ich weiss, wovon ich rede; war ich doch bei meinem Jüngsten für alles, was nötig war bei dessem Grosswerden ab Ende des Mutterschutzes verantwortlich, natürlich bis auf's Brust-hinhalten. Die Verantwortung begann schon mit dessen Geburt. Da spielte ich zum Schluss eine tragende Rolle. Ich bestand darauf, die Nabelschnur meines Sohnes durchzu-schneiden.

Laureens Antwort kam prompt:
„Hallo Ich,
Ich habe viel gelart mit dei E_mail!!!
Warum nicht 7 Jahre heiraten !!
Viele Grüsse von deine Fransösich Freundin"
Vielen Dank Ich!!!
Ich schreibe dir ein Langer E-mail diese wochen ende!!
Viele Grüsse aus Frankreich".

Ja, und dann ging's los.

Noch 14 Tage bis „7 Jahre heiraten"

Jetzt sind es noch 14 Tage bis unserem Hochzeitstag. Zum dritten Male werde ich dann ein Heiratsversprechen geben. Das erste Mal war's mit 24, dann mit 50 und jetzt mit 70.

Dazwischen liegen so manche ähnliche Versprechen, Liebesworte, liebe Worte zu Frauen. Ein halbes dutzend Mal war ich in einer Beziehungspartnerschaft. Manche Leute sprechen da von Lebenspartnerinnen oder Lebensabschnittspartnerinnen. Hier liegt die Betonung auf dem Weiblichen, was es auch ist, aber die Genderproblematik in der Schreib- und Sprechweise der deutschen Sprache wird mich in diesem Buch noch beschäftigen.

Mich nervt das. Du musst dir den Schuh nicht anziehen, natürlich nicht.

Nun, bei mir kamen die Partnerinnen nicht alle der Reihe nach. Aber sie gingen irgendwann wieder.

Ausgesprochen selten war ich es, der ging. Der zuerst ging.

Gedacht habe ich später an sie alle, immer wieder.

Auch jetzt steht mir eine jede in meiner Erinnerung gegenüber, physisch besser: metaphysisch.

Sie scheinen mich fest im Blick zu haben. Es ist wie Warten auf Abruf, wenn die Stimulans ‚klick' macht. Ich halte es da mit Henri Bergson und seiner vor über hundert Jahren entwickelten Theorie, wie ein Mensch die Fülle an Erinnerungen selbst im hohen Alter im Gedächtnis behalten kann. In einem Gespräch mit dem Schriftsteller und Mitgestalter der UN-Menschenrechtscharta, dem inzwischen verstorbenen Stéphane Hessel, diskutierte ich diese menschliche Fähigkeit zuletzt. Hessel wusste sofort, wovon ich spreche. „Sie meinen die Theorie von Bergson?"

Für seine Denk- und Schreibleistungen gerade auch für sein Werk 'Materie und Gedächtnis' bekam der den Nobelpreis, der Bergson.

Hessel hätte ihn auch verdient gehabt.

Gut, eher den Friedens-Nobelpreis.

Laureen wollte all' die Vorbereitungen mit ihrer Familie treffen. Ein bretonisches Fest hat's in sich und will gut vorbereitet sein. So ähnlich hatte sie sich ausgedrückt.

Sie war der Meinung, wenn schon denn schon.

Unsere Liaison extraordinaire verdiente es, an einem besonderen Tag gesetzliche Gestalt anzunehmen. Ich war mit dem 14. Juli, in Frankreich Fète Nationale, einverstanden.

Ihre Tante, Mme Servante, die Bürgermeisterin von Camaret-sur-Mer, dort am Ende Welt, dem Finistère, wie die bretonische Region genannt wird, bevor dann hinter dem Ozean Amerika kommt, machte ihrem Namen alle Ehre. Sie erteilte die feiertägliche Ausnahmeregelung. War ok.

Als Siebzigjähriger bist du sowieso mit vielem einverstanden. Oder du lässt es wie es ist. So vieles gibt's da nicht mehr zu gewinnen. Normalerweise.

Andererseits kommst du jetzt in die Zeit, ins Alter, wo dir doch bewusst ist, dass du das sagst, was du denkst und was du willst. Auffällig wird es, wenn du zu diesem oder jenem gefragt wirst und du machst sehr deutlich, es sei für dich uninteressant.

Deine Ablehnung nimmt dir kein Mensch übel. Erstaunt ist man schon.

Das wäre in deinen jüngeren Jahren anders aufgenommen worden. Eher hätten dich die Leute als burschikos oder unverschämt bezeichnet.

Ja, du kriegst im Alter 'mildernde Umstände'.
So ganz wirst du nicht mehr für voll genommen.
Woran das wohl liegen mag?
Gute und schlechte Gründe sprechen sicherlich dafür. Ich komm' noch drauf.

Ist schon ein Wunder, dass Laureen meinen Vorschlag eigentlich sogleich akzeptiert hat, dabei meine vor-sichtige Anfrage mit Fragezeichen gleich mit zwei Ausrufezeichen beantwortet hat.
Sie mag das auch ganz vernünftig angegangen sein.
Die Ehe als rationaler Schluss?
Emotion, Liebe laufen im Beiprogramm?
Ist ja so wie im Mittelalter, vor der Heiligsprechung der Ehe.
Wer sich das wohl ausgedacht hat? Der Ehe stets die Liebe voranzusenden, voraus zu stellen?
Über Liebe wird noch zu sprechen sein. Auch konkret, was meine Höhepunkte mit Frauen angeht. Nur dass du's weisst:
Ich spreche von den Entscheidungsmomenten mitten im Leben, in der Praxis. Da stehen meine Beziehungen als solche in der Kritik, auch in der positiven.

Was kann Laureen denn schon passieren?
Bei Ablauf der Ehe ist sie noch keine 30.
In Ihrem Rucksack für den weiteren Lebensweg hat sie geballte Erfahrung über Partnerschaft, über eine Verbindung im Generationenverbund, verfügt über - in Jahrzehnten aufgebaute - Kontaktnetze für ihre berufliche Entwicklung, nimmt noch Rentenanteil und ein bisschen Vermögen mit.
Erotisch-sexuell wird sie sich nicht verbraucht fühlen. Gut, sie ist bei mir noch nicht mit einem Alterssex konfrontiert. Eine

Politikerin meinte dieser Tage im Interview „Es soll ja Alterssex geben, aber Gott behüte mich davor."

Die hat meine Stimme.

Ich muss mich schon anstrengen oder mich gewollt locker lassen, dass wir den Akt erfolgreich zu Ende bringen.

Klappt nicht immer!

Ging mir aber früher oder sogar viel früher schon so.

Zumindest dann und wann.

Lust und Spass haben wir dennoch, immer, na gut: fast immer. Wir lachen viel. Ist wie ein Ventil, dass der Frustration die Spitze nimmt.

Laureens frische Haut ist zum Geniessen.

Ihre zarten Brüste mit den hellen Knospen.

Der schlanke Rücken mit dem kräftigen Po. Mit ihren strammen Schenkeln zeigt sie mir manchmal ihre Kraft. So von ihren Beinen umgeben muss ich dann abklatschen, wie der Unterlegene beim Judo. Aus den sieben Jahren Judo irgendwann vor zig Jahren habe ich das jedenfalls behalten, wie man mit Handschlag den Zupackenden zum Loslassen auffordert und sich geschlagen gibt.

Tief atme ich durch. Laureen ist mir so nah. Ich sehne   mich nach ihr., ihrem verlockenden Körper.

Ein Film über die beiden Renoirs fällt mir ein: Vater August (der Maler) – er war inzwischen Achtzig – beschreibt seinem Sohn Jean (der spätere Filmemacher) sein aktuelles Modell, die neunzehnjährige Andrée (später in den Stummfilmen Star bei Jean):

„Ihre Haut, so samtig.

Und ihre Brüste: Zum Niederknien.

Tizian würde mich um sie beneiden."

Ein einziges Mal gab sie sich dem alten Künstler ganz nah. Wie weit hin war nicht in der Filmgeschichte zu sehen. Sie schmiegte ihren Kopf an sein Gesicht und legte ihre Hand in seine von Arthritis gebeutelten Hände. Es hätte noch eines weiteren Auguste Renoirs bedurft, der die beiden als Verkörperung von Jung und Alt für die Ewigkeit festgehalten hätte.

Für Jean, dem Sohn, mit seiner Kamera, na, das wär nichts geworden.

Es gibt nicht nur die Vereinigung Alt : Jung, nein auch die Konkurrenz Alt : Jung wie meine zweite Ehefrau Alex - sie 23 - es bei Ginette - die 69 - in Südfrankreich erfahren hat. Du liest noch darüber.

Faszinierend finde ich bei Laureen ihre Haare unter den Achseln. Laureen ist nicht rasiert. Da auch nicht.

„Rasur ist für die Männer, wenn sie keinen richtigen Bart haben können" meinte sie, als ich sie auf ihr Nichtrasiertsein ansprach. Was für ein Glück, dass ich Bart und Bartwachstum habe – und das seit Ewigkeiten.

Ich lehne mich zurück, wenn Laureen meinen Bauch streichelt. Solches erlebte ich zwar von allen meinen Begleiterinnen, über die gesamte Lebenszeit ab 17. Doch dass meine Haut dem Älterwerden Tribut zollen muss, dass wird bei mir kommen wie das Amen in der Kirche.

Ich gucke gespannt, ob Laureen meine faltigen Areale am Hals und den Innenseiten der Arme auslässt oder mitnimmt ins Streichelpaket. Sie ist dran.

Meine Nervenstränge danken es ihr. Mein Glied steht.

„Es geht doch", meint sie ganz trocken.

Mit Hautverschleiss und was nicht allem hat jeder irgendwann zu rechnen. Das muss mir keiner erst sagen.

Dir auch nicht!

Wahrscheinlich weil ich ein paar Pfunde zu viel habe, bin ich zumindest davon noch etwas verschont. Mein glatter etwas dickerer Bauch ist da eine gute Ablenkung bei der Betrachtung.

Aber eigentlich denke ich nicht dran.

Das soll nach einer gerade veröffentlichen Studie aus England völlig normal sein. Da heisst es: Achtzig Prozent aller Frauen machen sich einen Kopf über sich, mit vorm Spiegel oder ohne. Aber nur dreissig Prozent der Männer schauen an sich herunter.

Wenn ihnen nach unten hin nicht mehr alles im Blick ist, legen sie sich aufs Bett, auf den Rücken und heben leicht den Kopf zum Gucken an. Wenn sie noch alles erkennen, ist es so schlimm nicht.

Bauch oder was sonst so die Körperqualität markiert, das war zwischen Laureen und mir noch nie Thema. Mag sein, weil wir regelmässig Sex haben, wenn wir beieinander sind.

Ein guter Grund kann auch sein, dass wir unsere Ruhephasen haben. Noch gilt es ja, zum Zusammenkommen Distanzen zu überwinden.

Ich hörte einmal, alte Körper könne man nur lieben, wenn man den Menschen dazu liebt.

Laureen liebt mich, den Siebzigjährigen. Offensichtlich.

Ich bin mir nicht sicher, ob es meine individuellen Erfahrungen sind, die für sie einen Ausgleich zu meinem nicht mehr ganz so frischen Körper darstellen.

Da ist nie eine Frage aufgekommen.

War ja kein Thema!

Was ist es dann, was 'das junge Blut' — einfach mal salopp gesprochen um das Konträre zu mir herauszustellen, also Laureen — bei mir attraktiv findet? Du weisst ja: Kein Thema!

Hab ich Angst?

Ein bisschen.

Ich weiss schon, dass ich ein alter Sack bin. Obwohl? Sagen tut das keiner.

Kann ich auch keine Studie hinzuziehen, die eventuell darauf Antwort geben könnte. Ich weiss aber, dass die Anziehung zwischen Frau und Mann, zwischen den Menschen überhaupt, ganz plötzlich eintritt.

Da gibt es 'Liebe auf den ersten Blick' oder die Liebe kommt nach und nach mit dem Eintritt einer Reihe von Geschehnissen, wo du nicht gegen kannst.

Mir gefällt da ein Ausdruck, den ich im Rheinland gehört und gleich verstanden habe, denn rheinisches Platt ist nicht so weit weg vom Ruhrgebietsplatt: „Et kütt wie et kütt".

Liebe, jemanden lieben, führt dich zu 'Liebe ist ..' mit einer Fülle an Varianten. Ich werd dir noch die eine oder andere Lobpreisung vorstellen. Dafür mache ich mich auf die Quellensuche.

Welche Möglichkeiten habe ich bei Laureen?

Ich betone noch einmal: mit Siebzig, auf die Achtzig nach und nach zugehend. Ausser dass wir uns sehr mögen, natürlich.

Mir fällt der bekannteste Stellenwert von Liebe ein.

Du findest ihn fern jeglicher Sexorientierung im Neuen Testament der Bibel:

„Nun aber bleibt Glaube, Liebe, Hoffnung - diese drei; aber die Liebe ist die größte unter ihnen".

Wie überhaupt das Neue Testament jenseits jeglicher Sexorientierung ist bzw. jene verdammt. Hat seinen Grund und hatte seine Zeit.

Glaub mir einfach.

Ich habe als Volltheologe mit UNI-Abschluss eine Grundausbildung in diesen Fragen nach Ursachen und Gründen.

Dagegen begleitet die Sache mit dem Sex das Alte Testament mit vielen Passagen. Genau in diesem Moment fällt mir der alte König David ein, dem einfach nicht mehr warm wurde.

Eine der richtig schönen Geschichten rund um die Sexorientierung im Alten Testament:

„1,1 Und der König David war alt, hochbetagt. Man bedeckte ihn mit Kleidern, aber es wurde ihm nicht warm. 1,2 Da sagten seine Diener zu ihm: 'Man suche meinem Herrn, dem König, ein Mädchen, eine Jungfrau, daß sie ihm, dem König, diene und seine Pflegerin sei! Wenn sie dann in deinem Schoß liegt, wird meinem Herrn, dem König, warm werden.' 1,3 Und man suchte ein schönes Mädchen im ganzen Gebiet Israels; und man fand Abischag, die Schunemiterin, und brachte sie zum König. 1,4 Das Mädchen war überaus schön, und sie wurde Pflegerin des Königs und diente ihn; aber der König erkannte sie nicht."

Zu 'erkannte' nehme ich später ausführlich Stellung, hier nur der Hinweis: das Wort bedeutet an dieser Stelle 'den Geschlechtsverkehr ausüben'. Also, miteinander schlafen oder beiwohnen, das war zwischen dem über siebzigjährigen David und der siebzehnjährigen Abischag ok, aber eben ohne Sex oder richtigen Sex; so genau ist es in der Bibel nicht geschildert.

Laureen und ich berühren uns ja nicht so oft. Wenn wir aber zusammen sind, liegen wir uns in den Armen, immer wieder

mit festem Druck. Der zieht sich bei mir – bei ihr sowieso – längs des Körpers von unten nach oben oder oben nach unten. Klar spüre ich jedesmal ein Kribbeln mit Schwellung in den Lenden. Kunststück, wo Laureen so kräftig Druck ausübt.
Frauen können das!
Im Moment geht mir nur der Sex mit ihr im Kopf herum.

Ob ich sie wirklich liebe? Muss das denn überhaupt sein?
Fragen über Fragen!
Ich brauch dazu 'nen klaren Kopf.

Noch 13 Tage bis „7 Jahre heiraten"

So ganz vertraue ich meiner Manneskraft auf Dauer nicht. Im Moment geht's ja. Mir liegt aber daran einen Plan B zu haben, wenn ich merke, Laureen ist mit mir im Bett unzufrieden. Deshalb bat ich dieser Tage meinen Hausarzt mich aufzuklären, wie Fördermittel wie Viagra oder Cyalis auf den Mann wirken können, und mir gleich ein Rezept mitgeben zu lassen.

Ich hab's verlegt.

Der Schock, dass ich damit stundenlang bereit sein werde, auch wenn ich nicht will, hat gewirkt. Ich habe eben etwas dagegen, dass solches gegen meinen Willen in Zwang und Arbeit ausartet.

Da bin ich mit meiner Einstellung nicht gendertauglich. Die Frau durfte bei mir ruhig ausgiebig tätig sein. Zu solch einer Ausdauer über Stunden war ich kaum mehr als zehn Mal fähig, in 50 Aktionsjahren. Da hat es dann fast immer an die drei Stunden gedauert. Im Puff soll's ja nach 7 Minuten beendet sein.

Na, ganz passiv war ich nie.

Beim letzten dieser mehrstündigen Male war ich um die 50 und hab jene Frau dann auch geheiratet. Und jene mich!

Komisch, dass mir das in jungen Jahren, die mit der sogenannten biologisch hohen Manneskraft, nie passiert ist! Ich meine jetzt nicht das Heiraten. Obwohl?

Mit 24 habe ich das erste Mal geheiratet, aus und mit Liebe. Das war schon sehr plötzlich gekommen, eben wie ich schatje kennengelernt habe. Der Liebes-hammer traf mich so, dass ich meiner aktuellen Liebe oder was ich dafür hielt adé sagte, obwohl Martine weit weg war und nie mitbekommen hätte, dass da eine andere Frau in mein Leben getreten war.

Martine wohnte 1000 Kilometer entfernt, an der Isère nahe Grenoble. Mit deren Mutter, Ginette, hatte ich noch Kontakt bis ins hohe Alter.

So selten ist es ja nicht, dass Mütter den Mann, den die Tochter mit ins Haus bringt, auch ganz nett finden. Bei einem viel späteren Besuch bei ihr hat das meiner jungen Begleiterin sehr zu schaffen gemacht.

25 Jahre waren vergangen, als ich auf dem Weg in den Süden Ginette in ihrem Haus aufsuchte. Ich erfuhr von dem Tod ihrer Tochter vor langer Zeit. Ansatzlos ging sie in der Geschichte weiter zurück, zu meiner und Martine's Zeit. Sie habe nach meinem Brieferhalt und der Mitteilung, ich wolle/müsse mich von ihr wegen einer anderen Frau lösen, geweint, geweint, geweint. „Ce n'était pas des jours, non, des semaines", meinte sie, „tous les jours seulement des larmes."

Was sie sagte, machte mir zu schaffen, jetzt.

Mir fielen die ersten Worte aus Martines Antwortbrief an mich wieder ein:

„Déception, tristesse, chagrin sont des vains mots pour les àmes fortes. Moi, vergessen werde ich dich nie."

Was für ein Tiefgang! Die Frau war erst 17.

Die Empathie kommt heute noch herüber zu mir und wühlt mich auf.

Heute mehr als damals!

Den Gedanken mag ich nicht weiterspinnen, dass sie noch leben würde, hätte ich mich nicht gegen sie entschieden. Ich wäre mit ihr nicht in die   französischen Hochalpen nach

Briancon gezogen. In ihrer Ehe hatte sie dort schon mit 27 vier Kinder, 2 Jungen, 2 Mädchen.

An einem Heiligen Abend sahen Verkehrsteilnehmer nur noch, wie sie mit den 2 Jungen im Auto ins Schleudern kam, die Abgrenzung zur Talsperre durchbrach, und das Auto mit Insassen direkt in den eisigen Fluten versank. Sie wurden nie gefunden. Das Auto auch nicht.

„Directement au ciel!" wie Ginette sich auszudrücken pflegte. Sie glaubte an deren Himmelfahrt.

Mit einer Frau hier in Deutschland, schatje, und gleichzeitig einer Frau dort in Frankreich, Martine – da hatte ich doch Skrupel.

Da noch!

Ja, schatje und ich heirateten so richtig, wie es sich seit alters her gehört. Die Jornalistin Natascha, die später ein Feature über meine zweite Ehe, die mit Alex gemacht hatte, holte in ihrem Artikel genau hier meine neue Beziehung ab.

>In der Abendsonne mit der geliebten Ehefrau händehaltend auf der Bank zu sitzen, das war Lucs Traum von der Erfüllung. Nichts davon.

Nach 23 Ehejahren trennte sich seine Frau von ihm. Drei Jahre später die Scheidung. In der Scheidungs-urkunde bestand Luc auf den Hinweis: 'Der Scheidung stimme ich mit Vernunft aber nicht mit dem Herzen zu'. "Sie fand, ich sei zu dominierend. Sie könne das nicht länger ertragen. Lieben würde sie mich - ja, aber doch lieber allein leben", erinnert sich Luc.

Auf die 50 zugehend stand er vor einem Scherbenhaufen: "Nach der Trennung war ich am Boden zerstört. Das Ende meiner Ehe nahm mich so mit, dass ich auch beruflich ins

Schleudern kam und Mühe hatte, meine volle Leistung zu bringen. Ich war am Tiefpunkt."

Heute, zehn Jahre später, ist Luc mit Alex, einer 26 Jahre jüngeren Frau, glücklich verheiratet und hat mir ihr einen 5-Jährigen Sohn. "Ich schenk dir ein Kind, aber du musst es als Vater Tag für Tag betreuen". Als Schriftsteller, der den Manager weitgehend abgelöst hatte, konnte er es gut mit seiner Arbeit kombinieren. Der "alte Vater" erlebte zum ersten Mal, wie ein Kind aufwuchs. Dabei hatte er zwei Kinder über Dreißig aus seiner ersten Ehe. <

Hast du es erkannt? In Nataschas Beschreibung meiner Beziehungen konntest du über meine Engagements lesen. Darin steckt eine Schlussfolgerung:

Was meinen Lebensweg angeht,
antizipiere ich nicht und nichts.

Du hörst das Wort heutzutage allerorten – so auch im Fussball. Bei 'Antizipation'geht es darum, Künftiges ins Hier und Heute hineinzuziehen. Ist Latein; ich bin da vorbelastet. Latinum war mit Hebraicum und Graecum Voraussetzung für mein Studium der Theologie. Alles in allem hab ich das dann in den siebziger Jahren über 5 Jahre an den Hochschulen in Wuppertal und in Bochum durchgezogen, neben meiner beruflichen Tätigkeit in Düsseldorf. Vorab hatte ich mir das Plazet von schatje für ein Studium eingeholt – eine conditio sine qua non.

Die Koppelung Studium-Berufsarbeit war nötig, um mit den Lebensunterhalt für eine vierköpfige Familie mit Hund, Katze und Kleintieren aufzubringen. Alleinernährer war ich und glücklich mit dieser Kombination. Wir wohnten damals auf dem Lande im Düsseldorfer Vorland, in einem Dorf mit 180 Einwohnern, hatten dort das alte Wohnhaus mit Garten innerhalb eines Bauernhofes gemietet. Dorfgemeinschaft wurde gross geschrieben, Dorffeindschaft auch.

Das kannst du hier hautnah und unmittelbar aufeinanderfolgend erleben. Insgesamt betrachtet war es ein erlebnisreiches bis traumhaftes Wohnen, auch wegen unserer vielen Tiere, und wenn du aus dem Haus gingst, warst du in der Natur.

Da gab es später im Erzgebirge aber noch Steigerungen, hier nicht nur wegen der neuen vielen Tiere im Haus und draussen wie frühmorgens die Rehe vorm Fenster, auch wegen der neuen Menschen.

Ich lebte dort zwei Jahre mit zwei Frauen und vier Kindern; eine weitere kam auch noch hin und wieder, um mir meinen klitzekleinen Sohn zu zeigen. Was folgte war ein Plausch oder ein Spaziergang zu Acht.

Oder ich machte mich allein auf die Socken oder aus dem Staub - kannst du dir so oder so denken - und kam nach 2 Stunden Spaziergang oder Allradfahren im Gelände zurück.

Mir fällt ein, es war auch mal eine ganze Woche Wegsein, da war ich spontan nach Lissabon ab. Die Reise habe ich wegen zweier Ereignisse besonders in Erinnerung. Zum einen hatte ich dort eine wohl schmeckende Knoblauchsuppe gegessen und kam danach zwei Tage nicht mehr vom Zimmer, besser vom Klo. Und das andere:

Vor dem Abflug nach Lissabon suchte ich noch nach einer Lektüre. Eine mit rotem Einband fiel mir ins Auge mit langem Text auf dem Titelblatt und am Schluss fett geschrieben „.. die folgende Geschichte". Fand ich originell und kaufte es. Erst im

Flugzeug wollte ich wissen, was Cees Nooteboom so geschrieben hatte. Du glaubst es nicht!

Da beschrieb der Autor, den ich schon vor allem Kennenlernen wegen seiner Amsterdamer Herkunft mochte (dort habe ich schliesslich zwei Jahre lang gelebt), wie sein Protagonist im Flugzeug nach Lissabon flog, ja , und was er in Lissabon alles so anstellte.

Klar, dass ich, in Lissabon angekommen, seine Wege ging. Eingeholt habe ich ihn nicht mehr.

Gibt's eigentlich Zufälle?

Oder jagt uns stets das Schicksal?

Wenn es mir also schwer fiel, mir ein Zukunftsbild über mich zu machen und gleichsam geistig vorwegzunehmen, was kommen mag, stellte ich irgendwann ohne mein Spiegelbild fest:

„Ich bin älter geworden."

Wie Simone de Beauvoir, die ich gern bei Veranstaltungen zum Thema Älterwerden zitiere.

Im Interview – sie war Mitte Siebzig - mit ihrer Biographin Deirdre Bair meinte die Autorin der Weltfachliteratur >Das Alter< und >Das andere (richtig übersetzt: zweite) Geschlecht<:

„Aber es sind junge Menschen, die plötzlich alt geworden sind.

Eines Tages habe ich mir gesagt:

'Ich bin vierzig Jahre alt.

Als ich mich von diesem Staunen erholt hatte, war ich fünfzig. Die Betroffenheit, die mich damals überfiel, hat sich nicht gegeben'".

Ein Wort noch zu Bairs Buch:

Es ist eine überaus spannende Biografie von fast 900 Seiten. Mir hatten es besonders die Berichte über Simones Liebe zu dem 20 Jahre jüngeren Nelson Algren aus Chicago angetan.

Auch weil ich Jahre zuvor dessen Roman 'Der Mann mit dem goldenen Arm' gelesen und den gleichnamigen Film mit Frank Sinatra gesehen hatte. Dass so ungleiche Charaktere so aufeinander abfahren und sich dabei fast verschlingen, ja, das wollte ich genau wissen.

Bei Bairs Bericht kommst du aus dem Staunen nicht heraus, erfährst du doch die Hörigkeit einer Feministin und Frontfrau der Emanzipation. Und dabei war sie noch in jener Zeit mit Jean-Paul Satre liiert – an sich.

Verzeih, dass ich hier mit 'an sich' in die Begriffswelt der philosophischen Fachsprache eintauche. Ich bin da verliebt in meiner Omas Ausdrucksvorliebe „an und für sich". Ist von G.W.F. Hegel, von dem meine Oma nie gehört hatte. Da bin ich mir sicher.
Hegels Absolutes ist in den Geist, bei ihm die Vernunft, „an sich", „für sich" und „an und für sich" unterteilt. Sein System baut sich dialektisch auf.
Den Philosophieexkurs lass' ich an dieser Stelle.
Wofür gibt's denn die Volkshochschulen?

Bin ich eigentlich ein ausgemachter Dummkopf, ich mit meiner Absicht eine Zwanzigjährige zu heiraten?
Ein Idiot? Ein Trottel?
Das kann so sein.
Ich halt's aber mit dem von mir verehrten Ezra Pound:

*Fool who would set term to
love's madness,*

*For the sun shall drive
with black horses,*

*earth shall bring wheat from
barley,*

*The flood shall move
toward the fountain,*

*Ere love know
moderations,*

*The fish shall swim in dry
streams.*

*No, now while it may be,let not
the fruit of life cease.*

*Ein Trottel,
der Liebestollheit einschnüren
wollte,*

*Eher wird die Sonne mit
schwarzen Pferden
daherkommen,
und die Erde Weizen aus Gerste
hervorbringen, und
die Flut wird sich auf die Quelle
zurückbewegen.
Bevor Liebe Mäßigung erfährt
werden die Fische in trockenen
Bachläufen schwimmen.*

*Nein, jetzt wo Du kannst,
halt nicht ein, das Leben zu
geniessen.*

Mich würde interessieren wie alt Ezra Pound war, als er dieses
Gedicht über die Liebe und das Geniessen schrieb.
Ich selbst mag es, seit ich die ersten Gedichte von ihm gelesen
habe. Da war ich zwanzig.

Noch 12 Tage bis „7 Jahre heiraten"

Mir kommt so der Gedanke, ob ich für Alt-Jung-Beziehungen prädestiniert bin. Nicht erst jetzt, wo ich eine Beziehung mit einem Altersunterschied von 50 Jahren festzurre, sogar gesetzlich verankere – wenn auch nur für 7 Jahre. Ausser mit Laureen komme ich auch mit anderen jungen Frauen zurecht.
Gut, auch mit älteren.
Bei beiden Gruppierungen klappts besonders gut, wenn wir an einem gemeinsamen Thema arbeiten. Uns eben nicht nur um uns selbst zu kümmern brauchen.
Oder wenn ich in Begleitung ein paar Tage in Urlaub bin. Ich kann mich nicht erinnern, dass jemand mal gesagt hat, mit mir würde sie nicht mehr in Urlaub fahren. Den Urlaub mit mir erleben die meisten als stressfreie Aktionszeit. Wie lange Barbara, inzwischen fast 80, schon quengelt, endlich mal mit mir nach Prag und Dresden zu fahren! Tatsächlich war's mit ihr in Berlin, Antwerpen und Rotterdam richtig gut gewesen.

Mir kommen meine früheren Beziehungen in den Sinn.
So die mit Lotte!
Lotte – gross bzw. klein wie Laureen, blondes langes Haar (wurde auch mal kurz) und Pausbacken, knackig, ja, das auf jeden Fall - war drei Jahre jünger als ich. Ihr Lehrabschluss hiess wie bei mir 'Industriekaufmann'.

So war's halt früher: keine Geschlechterunterscheidung und keinerlei Endungen-Problem mit Geschlechter-unterscheidung! Irgendwann war mir aufgefallen, dass die Genderqualifizierung nicht konsequent ist. Gerade bei Personifizierungen mit Negativtouch, da muss man sich nicht wundern, wenn die

männliche Endung geblieben ist – wie bei Verfolger, Störer, Aufwiegler, Zuchthausknacker, Räuber.
Frauen sind nicht solche!
Da gibt's noch mehr. Achte mal drauf.

Mit Lotte spürte ich zum ersten Mal die Angst beim Sex, nicht vor'm sondern im Verlauf, wenn die Erektion bei mir drohte. Wir - sie 15,16 und ich 18,19 - hatten zwei Angstlösungen parat.
Zum einen wechselten wir die Stellung; ihr Po war dann dran. 'In den Arsch' hätte sich damals niemand getraut zu sagen. Drastisch die Dinge und Taten zu benennen war einfach nicht in.
Dann ein anderes Mal praktizierten wir den Coitus Interruptus. So fein lateinisch drückte sich eigentlich auch keiner aus.
In der Regel hiess es: „Mach's mir oder ich mach's dir." Das Wort 'machen' ist zwar eins mit riesigem Verstehenspotenzial, in der Situation gesprochen war aber die Bedeutung doch so was von eindeutig!
Jaah!
Da zu jener Zeit der Druck bei mir doch recht häufig war – es lag wahrscheinlich am Alter, schliesslich war ich mitten im biologischen Höhepunkt – war der Masturbationsverkehr recht rege. Meist setzte ich mich sofort auf ihren Schoss. Lotte sass dann auf einem Stuhl. Das war auch für sie die praktischste Stellung.
„Mach's dir nicht selbst," hatte sie mehr als einmal gesagt.
„Ich mach's dir immer, wenn du's brauchst."
Siehst du?
'Machen' war als Bezeichnung völlig üblich.

Lotte liebte mich wirklich oder - ihre diakonische Ader war ohne Grenze. Über zwei Jahre ging das so.

Ich hab's genossen. Trotz allem angstvollen Vorgehens verlor Lotte gleich zu Beginn ihre Jungfräulichkeit.

Wenn's man nicht beim Petting passiert ist!

Mir sagte der Verlust nicht wirklich etwas. Ich nahm's zur Kenntnis.

Später bei Sonja – sie war 19 und Studentin, ich gerade 40 geworden – nahm ich deren Jungfrauverlust schon wahr, aber erst nachher in der Beobachtung. Ich sass noch auf der Kante ihres Studentenbettes, dort in Göttingen, wo sie mit dem Studium Theologie begonnen hatte. Heute und das schon seit vielen Jahren ist sie Kunstdozentin an der Manchester School of Art; Theologie ist lange passée.

Schlag nach bei google.

Damals hockte sie sich neben den Plattenspieler und vibrierte – nackt in der Hocke kauernd, die Arme die Beine umschlingend – zur Musik von Al Jarreau.

Dass ich das noch weiss!

Mir wurde klar, es musste mit Sonja etwas besonderes geschehen sein, durch den Akt oder über den Akt hinaus.

Sie sagte es dann. Eine Frau war aus einer Jungfrau geboren!

Unsere Verbindung hielt dann auch mit vielen Leerzeiten während ihres gesamten Studiums.

Ärgerlich fand ich nur die Bemerkung meines ersten Sohnes in einem seiner letzten Mails vor gut einem Jahr, wo er mir vorwarf, ich hätte mich nicht gescheut, seine Freundin Sonja ins Bett zu ziehen. So war es 1. nicht gewesen, weil insbesondere sie mich wollte (ich war ja mit meiner Frau schatje in Liebe verbunden, jaah!) und 2. hatten die beiden sich getrennt, bevor der Vater sich von der Frau ins Bett ziehen liess, das der Sohn ja schon verlassen hatte.

Ich erinnere mich genau, zuvor hatte ich von Sonja wie auch von Ad überaus formal die Erklärung eingefor-dert, dass zwischen ihr und meinem Sohn die Freundin-Freund-Beziehung dergestalt aus war, dass sie nicht mehr miteinander gingen.

Die Angst die – vor der Verbreitung der Anti-Baby-Pille – im Verlauf des Sexakts bei mir und den jeweiligen Freundinnen aufkam, liess mich erste Erfahrungen für das Wechseln von Stellungen auch anschliessend bei meinen ausländischen Bekanntschaften in Holland und Frankreich machen. Es war nämlich so, dass weder Rosalie aus Amsterdam als auch Martine aus Grenoble, beide 17, Ahnung hatten wie's wirklich ging.

Nicht nur Jungen, nein, auch Mädchen waren im Zustand des Nicht-Aufgeklärt-Seins, beim Heranwachsen in den Sechzigern.

So war es damals.

Dann kam Oswald Kolle und die Aufnahme von 'Sex' in den Schulunterricht, was ich selbst nicht mehr erlebt habe. Von den Eltern war bei keinem von uns ein Hinweis, eine Aufklärung gekommen.

Einmal, zu Beginn meiner Teenagerzeit zog meine Mutter mir die Bettdecke weg, damit ich endlich aufwache.

Vorwurfsvoll blickend zeigte sie auf weisse schleimige Flecken mit den Worten, was ich da getan hätte. Ich hatte keine Ahnung, was da passiert war, war ja grad erst aufgewacht. Hab mich dann doch über die feuchten Stellen gewundert. Ins Bett gemacht hatte ich nicht, das wusste ich.

Du kannst unserer Zeit damals auch positive Aspekte abgewinnen. Schliesslich mussten wir frühzeitig Selbständigkeit und Kreativität lernen um den 'Genuss pur' zu erfahren.

Zu dauerhaften Hochleistungen führte das später während meiner Ehe mit schatje. Sie konnte die zunächst zu erwerbenden Anti-Baby-Pillen nicht vertragen. Glatte sieben Jahre lebten wir im Coitus Interruptus, besser: hatte sie es mir stets 'gemacht'.

Danach fand sie die passende Pille.

Ich hätte nicht sagen können, ob's mir jetzt besser gefiel.

Wenn das mal mit unseren Freunden Gesprächsthema wurde, hiess es immer: „Ja, habt ihr denn keine Angst? Wir könnten das nicht." Zu letzterem war immer der Blick zum Partner, zur Partnerin fällig.

schatje und ich waren halt eingespielt.

Irgendwann stellte sie mir Alexander vor. Sie sangen beide in einem Düsseldorfer Kirchenchor. Mit ihm war sie auch eingespielt.

Ich mochte ihn, den viel jüngeren. Und wen ich mochte, das hatte sich mir oftmals im Leben gezeigt, da war ich zum Teilen bereit.

Meine Frau durfte zweimal die Woche sich auf den 20 km langen Weg zu ihm machen. Sie kam meinem Wunsch nach und war bis 1 Uhr nachts zu Hause. Schaffte sie nicht immer.

Ich passte auf die Kinder auf, dort auf dem Lande, wo wir auf dem Bauernhof wohnten.

Wenn's passt, berichte ich noch über eine ländlichen Begebenheit später im Erzgebirge, in der meine zweite Frau Alex und ich involviert waren. Dort passte ich auf die Kinder auf, als sie eben nicht nach Hause kam, und ich sie von zwei

Männern im Hotel des Ortes dort im Erzgebirge spät in der Nacht, besser: frühmorgens herunterholen musste.

Im wahrsten Sinne des Wortes!

Es ging ziemlich hart zur Sache.

Wie gesagt – später., vielleicht.

Die allererste Alt-Jung-Beziehung für mich war die mit Liesel, ich 17 und Schüler, sie 21 und Studentin, die als Mannequin sich zuverdiente und bereits von Zuhause nach Berlin ab war. Mit der erwachsenen langbeinigen Schönheit mit langen braunen Haaren verbrachte ich 12 Tage und 11 sexfreie Nächte (gut, ein bisschen Streicheln und Küssen) auf der Nordseeinsel Baltrum. Mein Pensionszimmer und die mit meinen Eltern befreundete Wirtin sahen mich nur zum Kleiderwechsel und Frühstück gegen Mittag.

Ja, meine erste Beziehung mit richtigem Altersunterschied!

Ich bezeichne es so deutlich, weil ich als Mann noch formell jugendlich war, mein Vater auch nicht abliess das für die häusliche Praxis zu formulieren, und Liesel schon erwachsen.

Die spätere gesetzliche Reduzierung der Jugendlichkeit von bis 21 auf bis 18 hatte mich nicht wirklich beschäftigt. Ich machte - ab mit 18 - was ich wollte und flog konsequenterweise aus dem Vaterhaus. Zunächst fand ich bei meinen Grosseltern eine Unterkunft.

Später ging ich nach Amsterdam und fand eine Anstellung als Werksstudent bei einem Stahlkocher in Ijmuiden aan Zee. Die Sache mit den Drogen, für das Amsterdam als zentrale Umschlagstelle galt, ist dabei an mir völlig vorbeigegangen. Koffieshops liess ich links liegen.

Wie das Rauchen!

Nie im Leben habe ich geraucht. Komischerweise hat mich der Atem einer rauchenden Frau nie gestört. Ob in einem Raum geraucht wurde oder nicht, war mir egal.

Aber ich kann Niederländisch. Hoorje, ik spreek Nederlands – besser als jede andere Fremdsprache.

Bei Liesel hatte ich keine Ahnung in Liebesdingen. Mit 17 war ich wie die meisten Jungs noch hinterm Mond. Ich erwähnte es kurz. Erst ein Jahr zuvor hatte mich zum ersten Mal ein Mädchen geküsst. Gudrun hiess sie, 15 war sie. Anschliessend hatte sie mir empfohlen, den gerade laufenden Liebesfilm im Kino anzuschauen und dabei gegrinst. Ich bin verschämt von dannen.

Aber Liesel hatte auch keine Ahnung. Das wusste ich aber damals noch nicht. Das tägliche und nächtliche Zusammensein reichte aus, dass ich auf Jahre nicht mehr von ihr loskam. In Gedanken, denn getroffen haben wir uns nicht mehr.

Meine erste Liebe eben: Jugendliebe!

Noch 11 Tage bis „7 Jahre heiraten"

'Liebe auf den ersten Blick' ist nicht wirklich das, was ich mit Laureen erlebt habe. Bei uns ging es sachter mit dem Entflammtsein. War ja auch noch mit Carolin zusammen.

Mit Laureen, das hatte recht bald etwas von einem Gewohnheitsaspekt an sich. Das begann gleich, wenn sie von ihrer Praktikumsarbeit nach Haus kam. Sie sprudelte über, mit dem, was sie so in der Firma den Tag über erlebt hatte. Und ich war der, den sie sich als ersten als Zuhörer griff.

Es führte dazu, dass ich mich bemühte, auch stets so um 17 Uhr zuhause zu sein, eben um ihr Zuhörer sein zu können. Ging natürlich nur, wenn ich in Düsseldorf war.

Am Wochenende gab's dann das gemeinsame Frühstück. War Usus geworden. Das heisst, wenn ich nicht mit Carolin verabredet war, bei ihr oder bei mir.

Tatsächlich hatte Carolin bei mir Ihren Wunsch durchgesetzt, die ganze Zeit unserer Beziehung – immerhin 9 Jahre mehr oder weniger intensiv mit mir in zwei Wohnungen zu leben.

Nichtsdestoweniger bevorzugte sie durchaus mein Bett für unsere Spiele.

Sie hat es nie deutlich gesagt, doch ich hatte den Eindruck, dass sie es genoss, vom Nachbarhaus betrachtet zu werden. Meine Fenster hatten keine Vorhänge; das Licht haben wir nicht jedes Mal gelöscht.

Boh, es ging mit ihr total zur Sache. Wenn ich 'total' sage, meine ich auch total. Ein geiles Erlebnis.

Heute sind wir nicht-körperunfreundliche Kumpels mit klaren Orientierungen, jeder für sich (oder: jede für sich – hah, gender, gender ..).

Hatte ich Lust auf ein Bier in der Stadt oder - 'ne Stunde entfernt - in meiner Heimat an der Ruhr, war Laureen immer bereit und stets fröhlich dabei. An Männern - „un jeune" meinte sie nur - hatte sie den einen oder anderen zwar kennengelernt, auch in meinem Beisein, aber so richtig in die Gänge kommen und mit jemanden was anzufangen, das hatte ich nie bei ihr bemerkt.

Bemerken tat ich etwas anderes bei mir.

Wie sie mir nämlich fehlte, wenn ich ohne sie unterwegs war. Als sie sich wieder auf den Weg in ihre bretonische Heimat machte, und das Flugzeug vom Airport Düsseldorf nach Paris abgehoben hatte, war's dann zu Ende, dachte ich.

Inzwischen weisst du: Es dauerte nur wenige Wochen, dann ging's vielmehr richtig los.

Bei ihr.

Bei mir auch.

Den Mailaustausch kennst du ja.

So Knall auf Fall Liebe: wer kennt das nicht?

Ich natürlich auch.

So hab ich's nämlich mit Liesel und danach mit schatje erlebt. Also zweimal in meinem Leben, bei einem guten Dutzend inniger Verhältnisse.

Bei der einen, Liesel, war ich zu jung zum Heiraten, eben noch jugendlich, mit der anderen, schatje, war ich dann tatsächlich bald ein viertel Jahrhundert ein Herz und eine Seele.

Nicht-Liebe war es mit Berit. Aber vergnüglich ,und es hatte Konsequenzen. Wilhelm-Georg war ein 'Kind der Liebe' und auch wieder nicht. Sie war erst 22, aber wusste, was sie wollte. Mich, den 49jährigen, hat sie jedenfalls dabei gekriegt.

Unisono drückten es Alex und Oria – meine beiden Frauen im Klassischen Dreier - später so aus.

Eigentlich hatte ich nur Berits Wunsch erfüllt, mich bei einer meiner Fahrten nach Prag begleiten zu dürfen. Und genau an dem einen Wochenende waren Alex als auch Oria mit ihren Familien beschäftigt.

Irgendwelche Feiern!

Geschlafen hatten wir noch nicht miteinander. War aber klar, dass es an dem Wochenende passieren würde. Wir machten kein Aufhebens davon. Beide wussten wir, es würde sich einfach ergeben.

Als es sich ganz natürlich am ersten Abend ergab und mir der Samenerguss drohte, hielt ich kurz inne, um sie zu fragen, ob ich's laufen lassen dürfe. So machte ich es auch bei Oria. Bei Alex war's nicht nötig, die nahm die Pille. Berit nahm nicht die Pille.

Sie stutzte kurz und meinte dann „Es ist ok." Nicht lang danach teilte sie mir mit, sie sei schwanger.

Besonders Alex tobte in Orias und meinem Beisein: „Mit dem Kind hat sie sich doch bei dir ganz nach vorn gebracht. Wir wissen doch, wie du auf Kinder abfährst, Luc"

Wie ich mit Laureen zusammenkam, da gibt es insofern Parallelen, dass zusammen etwas unternehmen auch bei uns an der Tages- und Nächteordnung war.

Das Wort 'heiraten' jedoch fiel erst nach ihrer Rückkehr in die Bretagne.

Mehr als zu der Beziehungssubstanz 'mit Liebe oder nicht' hab ich mir darüber einen Kopf gemacht, dass mich, den alten Knacker, auch ihre Familie annimmt und sogar die Hochzeit ausrichtet, doch das ist eine Geschichte für sich.

Eigentlich schon von Anfang an bewegen Laureen und ich uns recht ungezwungen vor- und miteinander. An ihren ersten Wochenenden in der Düsseldorfer WG setzte sie sich im Nachthemd zu mir an den Frühstückstisch. Beim ersten gemeinsamen Western-gucken – 'Vera Cruz' mit Gary Cooper und Burt Lancaster war's – kam sie im Unterrock. Schaute dabei nicht verrucht und verhielt sich auch so. Ich berichtete schon, dass wir später nach einem gemeinsamen Abend mit Freunden bei denen schliefen, ohne uns im Bett anzurühren.

Gut, ein bisschen Stuppsen!

Nach der Hochzeit werden wir uns auch nicht immer anrühren, zunächst mal. Schliesslich wohnt sie in Brest und arbeitet dort. Ihr Antrag zur Versetzung läuft.

Und ich?

Ich pendel zwischen Brest, Düsseldorf und Berlin hin und her. Liege natürlich auch an den Wassern jeder Stadt, dem Meer, der Rhein und den Berliner Seen und bewege mich nur schwach, wenn das Buch gut und genügend Rotwein da ist.

Wie was werden wird, lass ich auf mich zukommen.

Die Deadline unserer Ehe-Beziehung ist in sieben Jahren. Dann bin ich knapp Achtzig.

„Das bedeutet, unser Heiraten, das ist kaputt dann?", hatte mich Laureen gefragt.

Ihr Deutsch, na ja!

„Ja", hatte ich spontan geantwortet, „wir leben dann weiter, als wenn es morgen zu Ende wäre".

Anschliessend diskutierten wir und kamen zu dem Schluss, dass Beziehungen jeder Art jederzeit zu Ende gehen können.

Auch mit dem Eheversprechen bis zum Tode!

Laureen hatte meinen Spontanhinweis umgedreht. Jugendliche in Brest würden sich oft so zeigen, als wenn's kein morgen gäbe. Die Polizei würde dem kaum Herr werden. Sie meinte das also negativ.

Mir fiel ein, im Filmklassiker 'Hiroshima mon amour' ist das auch die Philosophie der beiden Liebenden, aber positiv. Die weibliche Hauptrolle spielte damals Emanuelle Riva. Kürzlich – und wir sind 50 Jahre weiter - war sie wieder grossartig in einem Liebesfilm, der auch so hiess, gemeinsam mit dem formidablen Jean-Louis Trintignant. Ich sah ihn das erste Mal als Film-Ehemann von Brigitte Bardot in 'Immer lockt das Weib'. Da spielte mit Curd Jürgens (der mit „60 Jahre und kein bisschen weise") auch ein älterer Mann mit. Ich weiss nicht mehr wie der Kampf um's Weib ausging. Wenn das man nicht an die 50 Jahre her ist. Das auch!

Mir scheint, wir kommen in eine Zeit wo die Distanzen der Generationen untereinander zusammenschrum-pfen. Sie können sich sogar überlappen.

Liebe ist da nur eine Möglichkeit.

Mir fällt dazu Lisa von kurz vor Weihnachten ein. Sie ist 17, von attraktiver Statur und mitten im Abitur.

Die eine Stunde >Fröhliche Weihnacht< als Einstimmung ins Besinnliche und ins nicht ganz so Besinnliche vor den Leuten aus dem allpha60-Sympathiekreis mit Gedichten von Lisa und Geschichten und Kommentaren von mir vorgetragen. Dazu die leise Lautenmusik von Hannes. Er ist 75; sieht man ihm nicht an. Aber überhaupt nicht!

Wurde er doch neulich gefragt „Wie geht's auf der Arbeit?" Da musste er grinsen, ist es doch schon viele, viele Jahre her, dass er seinen Arbeitsplatz als Technischer Leiter bei Siemens geräumt hat. Und aus einem Diplom-Ingenieur wurde ein Lautenspieler.

Mir fällt ein, wie Hannes mir noch voriges Jahr über einen Italienischkurs drei Monate in Florenz berichtet hatte. Zwei junge Frauen aus Polen, die eine 18, die andere 19. Alle drei hatten zu einer Lerngemeinschaft und zugleich Vergnügungsclique zusammengefunden. Hannes ist auch polnischer Herkunft. Nehmen wir an, die Landsmannschaft (und die Landsfrauschaft – hier haben wir wieder die Genderproblematik in der Wortwahl!) haben alle drei zusammengeführt.

Ich hatte Hannes nur bewundernd angestarrt. Und neidisch!

Also – mich drängt dir jetzt was Gewichtiges zu sagen:

Alt und Jung, das zeigt sich nicht nur in dem berühmten Streifen mit Bardot und Jürgens (und natürlich Trintignant als 'Störer' dieser Alt : Jung - Beziehung) als filmische Eintagsfliege. Da der Film nicht unbedingt die Wirklichkeit abbildet, kann das Thema für die Leute schon seinerzeit präsenter gewesen sein als wir heute denken.

Dessen ungeachtet behaupte ich:

Der Trend Alt : Jung geht zu einer intensiveren Durchdringung der Generationen untereinander.

Warum? Nun, du wirst in diesem Buch mehr als eine Wegweisung dafür finden.

Lies langsam!

Und: Denk an meine Worte!

Da sind auch Laureen und ich in der Reihe der Vorreiter und Vorreiterinnen.

Für 7 Jahre!

Was danach kommt, werden wir sehen.

Noch 10 Tage bis „7 Jahre heiraten"

Ist es vielleicht Liebe? Bei unserem Altersunterschied?
Warum gehen mir eigentlich keine Gedanken zu Liebe, zu unser beider Liebe, zu echter, im Kopf herum? Laureen tut ihren Teil dazu bei; sie macht keinerlei Anstalten da überhaupt nachzufragen.
Ja, so ist sie.
Oh Gott, das klingt ja wie 'eine Verantwortung wegschieben'. Meine ich nicht. Ich denke eher an meine Jugend.
Da, in der Teenagerzeit, war es genau umgekehrt.
Wenn du dein Mädchen nach dem Tanzen im Jugendclub am Stadtpark mit den buschreichen Wegen endlich so weit hattest, war sie erst zu mehr als das bisschen Tatschen und Küssen bereit, wenn du ihre Frage mit 'ja' beantwortest hattest. Die Frage war bei allen Mädchen gleich:
„Liebst du mich auch?"

Ich will hier bei Laureen und mir bleiben und versuche einmal Worte zu und über uns zu finden.
Ich fühle es. Ein wenig illusionslos bin ich schon, doch.
Was tue ich mir mit der Ehe auf Zeit an, überhaupt mit der Beziehung?
Mit 70.
Da reiss ich mich jetzt aber am Riemen. Nicht, dass noch Selbstmitleid bei mir die Oberhand gewinnt.

Schliesslich geht's auch um Laureen. Sie hat ihr ganzes Leben noch vor sich – wie man so schön sagt.
Also: Ich alter Mann und sie, das junge Reh?

Ist nicht so ganz wahrscheinlich, dass einer von uns alle Vernunft ausblendet und Gefühl pur werden lässt.

Andererseits – vor Gefühlsüberraschungen bist du nie sicher. Und wie jedes Maß an Vernunft kann auch jedes Maß an Gefühl immer wieder aufs Neue dich packen und dein Leben auf Trab bringen.

Ich muss lachen.

Mir fällt ein, dass wir ja nicht von 7 Jahre verliebt sein oder von einer Zeit der Liebe gesprochen haben.

Nein, wir haben nur die eheliche Beziehung gemeint.

'Ehe', das klingt so klar und deutlich.

Menschheitsgeschichtlich besteht da kein abgesicherter Wissensstand. Mein Theologiestudium muss da wieder herhalten. Berufen tun wir uns im allgemeinen auf Adam und Eva in ihrer anfangs monogamen Beziehung. Im 1. und 2. Kapitel des ersten Buchs Mose, der Genesis im Alten Testament, wurde die Ehe von Gott gestiftet. Deshalb hat sie Heiligcharakter – bis heute.

Gut, zwischendurch in den dunklen Jahrhunderten des Mittelalters war es nicht immer so. Zeitweise durften nur die Edlen nach Heiligkeit streben; das Bauernvolk war zum unheiligen geschlechtlichen Miteinander verdammt.

Und heute?

Da ist auch ohne umfassende Heiligkeit stets ein grosser Drang zu den Ringen, erheblich weniger zum Traualtar, zum Segen.

Tja, ist vielleicht doch ein Zug zur Macht:

'Herr der Ringe' ist nach wie vor ein Renner.

Worum es bei Laureen und mir gehen kann, mag am nachdrücklichsten der Originalfilmtitel von 'Zusammen ist weniger allein', wo wieder mal Audrey Toutou nach 'Amélie' die Menschen verzauberte, aussagen. Er heisst nämlich 'Ensemble, c'est tous', was meint: 'Zusammen, das ist alles'.

Wie bei uns wohl 'alles' anhalten wird?

Nun, ich hab da keine Ahnung und unterlass es, mir einen Kopf darüber zu machen.

Ein Strich durch die 7-Jahres-Rechnung muss nicht unbedingt von Laureen kommen, wenn für sie der Moment kommt – und diese sich aneinanderreihen – dass sie mit ihrem alten Mann unzufrieden ist.

Kann auch mir passieren.

Eigentlich bin ich nämlich faul.

Nicht erst seitdem ich die Lyrik von *Ezra Pound* gelesen habe, du weisst, so um die Zwanzig. Da ist man sowieso offen für Revolutionäres; hier als Lyrik. Ich erkenne mich in dem Vers bis heute wieder.

And his desire for survival,	*Und sein Wunsch nach Leben*
Faint in the most strenuous moods,	*verhalten in grösster Anstrengung*
Became an Olympian apathein	*wurde zum*
In the presence of selected perceptions.	*olympischen apathein gewärtig erlesener Wahrnehmung.*

Faszinierend finde ich Pounds 'Olympian apathein'. Es hat viel mit meinem Lieblingswort 'loslassen' bzw. 'loslösen' zu tun. Und das in olympischer Qualität!

Das traf bei mir weniger für meine Beziehungen zu. Zuweilen brachte es mich auf die Palme, wenn hierzu jemand mit Sinnfragen kam, die von mir eine Entscheidung verlangten.

Da bin ich nicht allein.

Die Weltliteratur eilt mir da zu Hilfe. Schon Dr. Faustus hatte sein Problem bei Gretchen damit. Dass das dann mit der Bezeichnung 'Gretchenfrage' in die Weltgeschichte eingegangen ist, ist durchaus überraschend. Hätte man ja auch 'faustisches Dilemma' nennen können.

Am deutlichsten hatte mich schatje genervt. Vielleicht war ich auch damals noch zu jung und unerfahren. Ich erinnere mich. Sie war schon an der Tür meines Zimmers im alten Gasthof, wo ich mich längere Zeit einquartiert hatte, um in ihrer Nähe zu wohnen, dort im märchenhaften Weserbergland. Wie stets am späten Abend wollte sie zu sich nach Hause, wo ihr Sohn schon längst schlief.

Der ganz normale Stress einer Mutter mit Kind, wenn da noch ein Liebhaber ist.

Für sie besonders, war sie doch eine 22jährige Witwe mit einem 3jährigen Jungen. Ihr Wunsch nach Familie Mutter, Vater, Kind war gross. Solches drückte sie aber nie direkt aus. Die Klinke in der Hand drehte sie sich zu mir hin, ich lag am anderen Ende des Zimmers im Bett, den Kopf leicht angehoben.

Zu 'Kopfende des Bettes' fällt mir eine Bibelgeschichte mit Jakob und Josef ein. Gilt bei Theologen als Quell aller Stammbaumberichte. Muss aber in der kirchlichen Unterrichtung geheim bleiben. Schon die Bibelaufschreiber legten mehr Aufmerksamkeit auf die genealogischen Darstellungen. Da schafften sie auch eine Beweisführung, dass Josef aus dem Hause Davids war. Und das, obwohl der für die Geburt Jesu und danach keine Rolle spielte.

Maria hatte ja alles abgesahnt!

Was die Bettgeschichte angeht, so wirst du bei meiner Übersetzung der Originaltexte bei der Stammübergabe Jakob-Josef schlucken. Berichte ich gleich.

schatje schluckte jetzt.
„Du willst mich also heiraten. Sag, warum willst du das wirklich?"
Jetzt hatte ich einen Kloss im Hals, konnte mich nur zu einem „Ähm" durchringen. Da schoss es aus ihr heraus:
„Du willst mich nur wegen meines Jungen heiraten! Nur um Ad geht's. Vater und Sohn, darauf kommt's dir an."
Ich konnt' wieder sprechen, sogar zu meinem Erstaunen recht locker: „Stimmt. Aber dich schöne Frau will ich auch."
Sie liess die Türklinke los und warf sich zu mir auf's Bett. Ihr kullerten dicke Tränen aus den Augen. Sie machten sie glänzend und ihre Wangen rot.
„Ich weiss nicht, warum ich das mache.
Wann heiraten wir?"
Ich hab sie dann später mit dem Auto nach Hause gebracht.
Zehn Monate danach waren wir verheiratet, hatten sogleich eine Wohnung mit Kinderzimmer. Schon dreiviertel Jahr später war unser Sohn, von mir adoptiert worden.
Mein Sohn Adalbert. Ad haben wir ihn gerufen.

Während mich das Vergangene mit dem 'Woher kommen wir?' fasziniert, hat das 'Wohin gehen wir?' 'Was kommt danach?' für mich keinen sittlichen Nährwert. Salopp ausgedrückt.
Ich weiss, es geht nach vorn – klar.
Doch ich stelle mir mein Nach-Vorn so vor:
Leben wie ein Ruderer, der mit dem Boot dahinfährt!
Miit Schwung rückwärts, nach vorn.

Klingt so wie 'durch die Brust ins Auge'. Ist aber traditionelles jüdisches Denken zum Verlauf der Lebenszeit. Darüber hinaus wurden auf diese Art schon viele olympische Medaillen für Deutschland im Rudern gewonnen.

Ist aber mehr noch ein starkes Votum gegen das Vergessen der Vergangenen, nämlich beim Weg in die Zukunft den einem wichtigen Teil der Vergangenheit vor Augen haben!

Zum UNI-Examen im Fach Kirchengeschichte hatte ich Quellentexte studiert, aus dem Jahre 1933 und danach. Wenn ich daran denke, wie bereit wir in Deutschland damals für Hitler und die Nationalsozialistische Partei waren, komme ich noch jetzt beim Schreiben ins Heulen. Ich sag so deutlich 'wir', obwohl ich erst zehn Jahre später geboren wurde.

Als ich dann im Examen selbst dem prüfenden Professor zu verstehen gab, wie schändlich ich das Leuten der Kirchenglocken bei der – wie es jetzt heisst – Machtergreifung hielt (dabei war an dem Demokratischen des Vorgangs gar nichts zu kritteln), flippte der aus.

Ich wolle doch den Kirchen keinen Vorwurf machen, vergewisserte er sich. „Aber ja doch", hatte ich gemeint. „Das will ich wohl. Da ist nichts gekommen. Die Kirche, beide Kirchen, haben alles hingenommen."

Sogleich brach der Mann das von mir gewählte Spezialgebiet 'Kirche und Staat im Dritten Reich' ab und wollte zu einem Parforceritt durch die Jahrhunderte der Kirchengeschichte starten.

Ich bekam Bammel. Da wäre ich nicht heil durchgekommen.

Gottseidank griff der Co-Prüfer ein, dem ich zuvor schon zu verstehen gegeben hatte, dass ich gern bei ihm meine Doktorarbeit schreiben würde.

Die Prüfung endete mit befriedigend. Dass ich in meinem Spezialgebiet alles gewusst hatte, na, es wurde von den Professoren in der Bewertung vernachlässigt.

Was habe ich eigentlich für eine Lieblingsgeschichte -in der Geschichte? In Beziehungsgeschichten spielen natürlich Märchen mit ihrer Magie eine Rolle oder biblische Geschichten über David und seine Frauen. Auch voller Zauber!

Hier ein Auszug aus 1.Samuel,25 mit David und Abigail:

Es ist die Zeit, als David noch als Räuberhauptmann mit einer Bande von 500 Leuten umherzog. Aber eigentlich ist es die Geschichte von Weissheit und Weisheit, von weiss und weise, von Abigail.

Nur durch das mutige Eingreifen von Nabals Frau, der Abigail, ging die erste Begegnung zwischen David und ihrem Haus glimpflich aus. Einzig, dass sie Witwe wurde! Ihr kluges, ja weises Verhalten hatte Davids Aufmerksamkeit geweckt. Schön war sie auch; ihre weisse Haut hatte ihn seit der ersten Begegnung geradezu verzaubert.

Der Abendspaziergang hatte die beiden unplanmäßig weit vom Lager weggeführt. Die Dunkelheit war hereingebrochen. Auf dem Heimweg kamen sie in jener Nacht durch eine Schlucht. Stockdunkel war es zwischen den Felswänden. Das Licht des Mondes fand nicht den Weg zu ihren Füßen. Sich an den Händen haltend, tasteten sich die beiden vorwärts. In diese Dunkelheit hinein fiel plötzlich Davids Aufforderung:

"Abigail, bitte, entblöße deinen Busen, damit er uns leuchte!" Was sie auch tat.

Zurück im Lager kam David ins Schwärmen:
"Diese Weissheit! Und wie klug sie ist!
Sie könnte doch gut mit mir zusammen die Leute führen."
Und so wurde die weisshäutige und weitsichtige Abigail Davids
Frau, seine zweite. Es störte ihn ganz und gar nicht, dass sie um
einiges älter war als er.

Der Zauber weisser Haut ist befristet.
Kalte Zeiten, Alter, ja Krankheiten sind zu allen Zeiten mächtige
Gegenspieler solch perfekter glatter Weissheit gewesen.
Anders die weibliche Weisheit, die sich erst mit dem
Älterwerden bei gerunzelter matter Haut herauskristallisiert
und überdauert bis in alle Ewigkeit! Sie hat einen wirklich
schönen Mädchennamen, die Weisheit: Sybille.
Rund um David finden sich eine Menge anrührender
Geschichten mit Frauen, wie Michal, Ahinoam, Abischag und
Abigail natürlich.
Da ist die berühmte Bathseba noch gar nicht dabei. Doch, sie
gehört dazu. Du bist bestimmt meiner Meinung.
Lies mal 2.Samuel,11, wobei du ruhig ins Fantasieren kommen
darfst. Schliesslich lässt eine Frau nackt auf ihrer Dachterasse
ihren König zwei Terrassen oberhalb verrückt aussehen.

Solcherart Geschichten aus der Zeit 3000 Jahre vor unserer Zeit
gibt es zahlreich.
Mehr in einem Bibelseminar.

Noch 9 Tage bis „7 Jahre heiraten"

An meiner Lieblingsgeschichte eben konntest du sehen, wie mich die Frauenorientierung nicht loslässt. Gerade während ich dieses schreibe, merke ich, wie mir der Bezug auf mein weibliches Gegenüber in meinem Lebensverlauf immer aufdringlicher wird.

Ja, es drängelt mich.

Eine Reihe von ihnen geht mir mehr und mehr im Kopf herum, in allen Altersklassen und verschiedenen gelebten Situationen.

Und das ist erstaunlich, denn mein Leben gerät eigentlich immer unauffälliger.

Unauffälliger – mein Leben?

Noch nicht einmal Karneval im Rheinland kann mich reizen. Weiberfastnacht – sonst immer der Weg nach Düsseldorf, dort in die Altstadt, auch 'längste Theke der Welt' genannt – mache ich mich auf den Weg nach Berlin. Dort ist Karneval 'tote Hose'.

Ich bin zufrieden mit meinen kleinen WG-Gemeinschaften in Düsseldorf und Berlin, den Fahrrädern hier wie dort und den wenigen Büchern, die ich noch habe.

Was habe ich alles an Büchern verschenkt!

Na, ich hab sie ja alle gelesen.

Weisst du eigentlich? Na?

Im Alter ist 'loslassen' angesagt.

Und meine Bücher hat's in voller Stärke erwischt. Die meisten meiner wissenschaftlichen Werke aus Theologie und Philosophie wurden inzwischen in Kisten verpackt von einem katholischen Bildungswerk abgeholt und müssten jetzt in derem Archiv sein. Noch mehrere Kartons habe ich dann mit meinem Sohn zum Container gebracht.

Als zuletzt die nun leeren Regale weggenommen wurden, blendete mich die neue Helligkeit der Zimmer. Sie wirkte nicht störend, gab sie mir doch ein Gefühl von Gelöstsein und Klarheit .

Ich spür's deutlich, wenn ich zuweilen vom Flur in die Zimmer gucke, ganz so wie ich früher zu einigen meiner besonders schönen Autos hingeschaut habe. Der Rover Vitesse war das Nonplusultra. Bei dem bin ich nach dem Einparken drum herum gegangen, um das Gefährt auf mich wirken zu lassen. Dass das 3,5 Liter-Auto in 7 Sekunden auf 100 Sachen kam, fand ich auch toll, war aber deutlich dem Angucken nachgeordnet.

War schon mehr ein Gefährte, der Rover!

Was Männer so lieben können!

Die Räume sind jetzt der Reihe nach als WG-Zimmer vermietet. Für mich habe ich eins zurückbehalten, nicht das grösste.

OK, die Philosophie des Alters ist also 'loslassen'.

Eindeutig!

Ist mir irgendwie gekommen, hat gar nichts mit meinem Philosophiestudium zu tun.

An fängt es mit der Loslösung aus Verpflichtungen, wenn sie zu einer Bedrängnis führen.

Das kann hart werden, führt es doch zu manchen Trennungen von ehemals lieben Menschen. Klar – auch von Gewohnheiten, die man früher einmal lieb-gewonnen hatte.

Aber das Loslassen geht weiter.

Es erfasst die Räume, in denen wir leben, die Fortbewegungs-mittel. Gut, manche Ältere sind auch noch im betagten Zustand wahre Meister im Skateboardfahren. Aber zumindest werden die Autos kleiner. Das ja!

Ab und an kommt ein Ausrutscher.

Passierte mir im letzten Herbst.

Wenn ich will, kann ich das andersherum auch als 'loslassen' sehen.

Ein Loslösen von dem was man erwartet. Man könnte auch vom Verlust einer Wunscherfüllung sprechen. Du akzeptierst, was da ist, und machst daraus was.

Ob darin ein Loslassen liegt, entscheidest du für dich.

Kurz erzählt:

Ich hab das Hilton gleich um die Ecke und da drinnen ist eine Sixt-Filiale, die mir die Mietwagen zur Verfügung stellt. Die kennen mich dort, Als Öfter-Fahrender habe ich auch eine Goldcard.

Ich hatte wie stets einen Wagen der unteren Preisklasse bestellt, aber den Hinweis gegeben, dass ich ein Fahrrad für die Reise nach Italien mitnehmen will. Als ich kam, stand da schon ein weisser BMW Kombi 5,3 für mich bereit, natürlich zum bestellten Tiefpreis, Ford, Polo oder so.

Es waren wunderbare 11 Tage in Italien mit zum Teil rauschender Fahrt; in Talamone, wo der vorletzte James Bond-Film auch spielte (das wusste ich aber nicht, als ich dort war), machte ich wieder kehrt. Zur nächtlichen Ruhe legte ich mich nicht nur in Florenz am Arno - visavis zur Wohnbrücke - im Wagen zur Ruhe. In solchen Fällen musste das Fahrrad natürlich draussen bleiben.

Das Fahrrad spielt bei mir mehr und mehr eine Rolle. Jetzt habe ich schon zwei in Düsseldorf und zwei in Berlin; da werden dann noch zwei in der Bretagne dazukommen. Du siehst, ich habe die Absicht, nicht mehr allein zu leben, an zwei Orten zu zweit mit dem Rad unterwegs zu sein.

Wo ich dann zuhause bin?

Da halte ich es mit Ronja, Astrid Lindgrens 'Räubertochter':
„Mein Zuhause", so sagt sie ihrem Gefährten im Wald, „ist dort, wo ein Feuer brennt."

Ja, und dann. Irgendwann. (Ich bin überrascht wie locker ich die Kurve zum 'Eingemachten', dem mir existentiell Wichtigen, kriege!)
Mit einem Mal merkst du, dass du zum Abschluss gekommen bist.
Doch, du bist soweit, dein Leben loszulassen.
Sterben zu gehen.

Zuletzt regelst du deine Dinge. Zuweilen musst du dich damit sputen. Hannes brachte mich darauf:
"Wenn du stirbst, und hast nichts vom Alter gespürt. Was meinst du, Luc, ein schönes Sterben?"
Da fehlten mir doch alle Worte, als er mich das vor einem viertel Jahrhundert fragte. Wir hatten uns auf ein Bier bei ihm Zuhause in Düsseldorf getroffen, wie so oft danach, seit vierzig Jahren.

In meinem Studium der Theologie hörte ich von der verrücktesten Regelung aufs Ende hin. Das verdanke ich den Seminaren mit einem Professor für Altes Testament. An der UNI Bochum war er seinerzeit der einzige Keilschrift-verständige. Diese Kompetenz, eben Ur-Texte lesen und verstehen zu können, nutzte er. Seine Bibelübersetzungen waren ganz und gar nicht herkömmlich.
Für uns Studierende nicht selten ein echtes Ereignis!
Der Hörsaal war stets brechend voll, längst nicht nur Theologie-Studierende. Alle hatten erkannt, hier wurde tacheles geredet,

die Dinge beim Namen genannt. Will heissen, richtig und nicht verbrämt aus der Sprache von damals ins Deutsche übersetzt. Klar – konntest bei so manchen der Hörenden sehen, wie deren Kopf rot wurde. Tabus wurden halt offengelegt.

Die Sterbe-Regelung in Kapitel 47 im Ersten Buch Mose klingt ausserordentlich plausibel. Thematisiert wird sie jedoch kaum oder gar nicht. Insbesondere nicht von Pfarrern oder Amtstheologen.
Lieber hält man sich an Fehlinterpretationen oder übersetzt ganz einfach falsch, die Szene wie Jakob im Angesicht seines Todes seinem Sohn Josef die Nachfolge in der Führung des Stammes anvertraut.
Zu was für Eiertänzen sich schon die ersten Chronisten hier haben hinreissen lassen!
Ihr Blick auf eine Welt und eine Zeit, wo Sexualität gross geschrieben worden war, realisierten sie nur, wenn sie einer faktischen Gottesaufforderung gerecht werden mussten, wie:
„Gehet hin in alle Welt und mehret euch".

Da heisst es also:
28 Und Jakob lebte siebzehn Jahre in Ägyptenland, dass sein ganzes Alter wurde hundertundsiebenundvierzig Jahre.
29 Als nun die Zeit herbeikam, dass Israel sterben sollte, rief er seinen Sohn Josef und sprach zu ihm: Hab ich Gnade vor dir gefunden, so *lege deine Hand unter meine Hüfte*, dass du die Liebe und Treue an mir tust und begräbst mich nicht in Ägypten,
30 sondern ich will liegen bei meinen Vätern, und du sollst mich aus Ägypten führen und in ihrem Grab begraben. Er sprach: Ich will tun, wie du gesagt hast.

31 Er aber sprach: So schwöre mir. Und er schwor ihm. *Da neigte sich Israel anbetend über das Kopfende des Bettes hin*.

Kursiv habe ich die Textpassagen gesetzt, um die es mir geht. Ich beschreibe mal, was da passiert, wie man den hebräischen Urtext auch interpretieren könnte oder meiner Meinung nach sogar müsste. Vor allen Dingen der letzte Satz ist so unsinnig wie kaum ein anderer mir bekannter 'was da von einem ans Lager gebundenen todgeweihtem Mann noch verlangt wird!'.

Es geht um die Nachfolge in der Führung des Stammes verbunden mit dem Auftrag alles zum Fortbestand des Volksstammes zu tun.

Und genau dafür war ein Stammesritus festgelegt.

Der Nachfolger, hier also Josef, musste an das Lager des dem Tode nahen Jakob herantreten und einen Schwur aussprechen.

Der Schwur war erst gültig, wenn vom Sohn zeitgleich der Penis (Stab, Stamm) des Vaters angefasst wurde.

Schwören am Stamm des Vaters!

Das ist der Kern aller Nachfolgeschichten Vater-Sohn und macht verständlich, warum Genealogien in der Bibel einen so hohen Stellenwert haben.

Jetzt wissen wir auch, warum dafür die Bezeichnung 'Stammbaum' gewählt wurde.

Und die gibt's ja heute noch!

Das 'aufs Ende hin' mag für dich auswegslos final klingen. Glaub mir, da liegt noch allerhand Leben dazwischen.

Viel Zeit, Lebenszeit.

Eins der schönsten Gedichte über die Zeit in der du lebst – so finde ich – steht im Alten Testament bei Prediger 3 und ist betitelt mit >Alles hat seine Zeit<. Schon wieder Bibel!

Es gibt nun mal kaum eine voluminösere Quelle für unser Zusammenleben – damals wie heute - als die Bibel. Diese Lebensweisheiten von vor 3000 Jahren haben globalen Klang, den von heute. Religiös klingen sie eigentlich nicht.
Was da steht, kannst du nachvollziehen.
Du weisst: So hast du bisher gelebt. Und du kannst sicher sein: So wirst du weiterhin leben.

Jetzt fühle ich mich auch bei den Katholiken der Bretagne gut aufgehoben, denn dort ist Frömmigkeit gepaart mit Essen, Trinken und Fröhlichkeit. Dass es im Mittelalter als Armenland galt, müssen die Engländer und Franzosen ihm angedichtet haben.
Laureen ist nicht fromm, fröhlich auf jeden Fall. Mit ihr essen und trinken zu gehen ist ein Genuss. Dass sie zwischendurch noch raucht, stört mich nicht. Ich muss gestehen, das Rauchen aufzugeben, kann bei mir nicht als Liebesbeweis gelten. Rauchen hat mich ja noch bei keiner Frau gestört.
Laureens Küsse mit leicht rauchigem Atem geniesse ich wie trockenen Champagner.

Zu meinem Atem hat sie noch nie kritisch Stellung genommen. Carolin sagt in solchen Fällen „Willst du auch ein Pfefferminz?" Meist nehm ich's dann.
Ich finde es auch gar nicht so schlecht, wenn Carolin mir durchaus behutsam sagt, ich rieche aus dem Mund.
Ist oft samstags, wenn ich mich bis zum Abend noch nicht gewaschen habe. Von früher her, aus der Zeit mit schatje habe ich die Angewohnheit, an Samstagen mich nicht zu waschen, keine Zähne zu putzen, wenn, dann frühestens am Abend, so wir noch was vorhaben.

Ich hab mir vorgenommen, in den kommenden
7 Ehejahren mich hygienischer zu verhalten.
Du hörtest doch eben:
Man muss Gewohnheiten auch ablegen können.
Auch jene!

in unseren Beziehungsjahren hatten Carolin und ich nicht lange
gefackelt, beim Sex daheim oder im Hauseingang eines der
alten Häuser von Wien. Was ich bei ihr am liebsten mag, ist der
Klang ihrer Stimme am Telefon. Auch jetzt noch. Fröhlichkeit
prägt ihre Stimme, wenn sie anruft oder man sie anbimmelt.
Auch andere ihrer Anrufer und Anruferinnen berichten so!
Nervig war es eine Zeit, als sie dauernd anrief, über Tag, am
Abend, am Morgen.
Einfach so. Oder, es war Eifersucht was sie antrieb. Ich will's
nicht wissen. Ihre sonstige Sensitivität war dann wie weggebla-
sen. Doch diese Geschichte hat mich nicht ins Krankenhaus
gebracht.
Ist erledigt.
Heute haben wir eine Kumpelverhältnis, mit etwas Sex wenn
nötig. Die üblichen Dinge. Obwohl?

Sex hatte bei uns all die Jahre hindurch den Charakter des
Totalen. Ich hatte meinen Anteil dergestalt daran, dass ich in
der ersten Phase unseres Zusammenseins hin und wieder fallen
liess, dass Ostfrauen die Westfrauen beim Sex in die Tasche
stecken. Wütend hatte sie gefragt:
„Was machen die Frauen dort denn so anders?"
Ich bemühte mich ein Grinsen zu unterdrücken:
„Die machen alles!", meinte ich.

„Ach du." war ihre Reaktion, als sie mir einen Schubs gab. Von da an hat sie mir gezeigt, dass Westfrauen sich nicht verstecken müssen.

Wobei das Alter weder bei ihr noch bei mir uns schwerfälliger machte. Als es zwischen uns begann , war sie 52 und ich 61. Neun Jahre waren wir zusammen.

Genuss total!

Die Totale gilt auch für Loslösungen. Carolin und ich sind ja nicht mehr zusammen.

Noch 8 Tage bis „7 Jahre heiraten"

Loslösen und dabei das Ende im Blick, das persönliche Ende?
'Aufs Ende hin, den Tod hin' denken, das beschäftigt mich seit ein paar Jahren stärker. Hat auch diesmal - wie bei den philosophischen Betrachtungen zuvor - gar nichts mit den Studien zur UNI-Zeit zu tun. Zwar sind 'Sterben und Tod' wesentlicher Teil des Studiums der Theologie. Kann man sich ja denken.
Aber ..
Zu den glücklichen Stunden, mit Laureen - wie überhaupt mit Frauen - noch einmal länger zusammen zu sein, kommt stets eine starke Reflexion dessen, was da mit mir geschieht.
Über sowas habe ich mir früher keine Gedanken gemacht.
Aber jetzt. Ich merke es:
Meine Limitierungen werden mir präsent.
Siebzig Lebensjahre sind nicht von Pappe, auch wenn Carmen in Berlin neulich meinte, ich sei der agilste Siebzigjährige, der ihr je begegnet sei. Das tut zwar gut zu hören, aber macht auch wieder klar:
Es geht 'aufs Ende hin'.
Wenn's auch noch Zeit sein mag.
Das lass ich so stehen und hüte mich erneut die Bibel als Referenz heranzuziehen, das mit dem Tod, der kommt wie er will, 'wie ein Dieb in der Nacht'.

An sich gewusste Ressourcen in mir lassen mich spüren, dass es zuweilen nicht so läuft, wie es laufen könnte. Wie ich's denn gern hätte. Ich aber immer mehr Mühe habe, an meine Ressourcen heranzukommen.

Im Moment kann ich mit allen Gliedern noch alles machen, spüre aber sehr schnell an Händen und Füssen, wenn ich mal vergesse, meine Gichttabletten einzunehmen. Und ohne den täglichen Betablocker nach dem Frühstück kann ich mir das intensive Basketballspielen abschminken.

Als ich sie noch nicht nahm, wurde ich zusehends schneller müde und musste das Spiel abbrechen. „Luc, gehts noch?" riefen mitleidig meine Kumpels. Da war so mancher darunter, dessen Frohlocken ich herauszuhören meinte (wenn ich ihn zuvor im Spiel 'nass' gemacht hatte').

Was man im Alter doch böse denken kann!

Bei drei Spieleinheiten setzte ich regelmässig die letzte Einheit aus. Jetzt, Jahre später: unregelmässig nur noch. Mit der Chemie-Therapie läufts einfach besser. Mein Herzschlag ist wieder ausgeglichen.

Wobei?

Carolin war es, die mich in unserer Zeit der Zusammengehörigkeit mehr als einmal fragte, ob ich überhaupt ein Herz habe. Ich habe dann ihre Hand genommen und sie an mein Gemächte geführt. Immer das gleiche Spiel: Mit einem Ruck zog sie ihre Hand zurück.

Ich lachte, sie nicht.

Typische Handlung eines Macho.

Bei Wikipedia wird erklärt, was ein Macho ist: 'Im Sinne des Verständnisses von Männlichkeit ist es ein sich übertrieben männlich gebender Mann'.

Nun, es gibt eben Männer, die sind so. Betablocker sollen ja auch die Sexualität eindämmen. Das mag schon sein. Ich kann da nicht unterscheiden zwischen älter und kraftloser geworden sein oder Retard-tabletten eingenommen haben.

Ist mir auch nicht so wichtig.

Wenn genügend Reize mich treffen, schaff ich's auch schon mal mehr als einmal am Tag.

Oder ich lass es, wenn ich überhaupt kein Interesse dran habe, am Sex.

Was mir, wie du weisst aus früheren Zeiten, auch als ich jung war, nicht ganz unbekannt ist!

Dass Tabletten durchaus Sinn machen, habe ich zum ersten Mal vor vier Jahren in den Ferien mit meinem Sohn beim Zelten am Verdon, dem Canyon-Massiv in Südfrankreich, erfahren müssen.

Tabletten hatte ich nicht dabei.

Innerhalb von Stunden wurden meine Füsse dick, schmerzten ungeheuerlich. Wir brachen Urlaub und Zelt ab und machten uns auf den 1300 km langen Heimweg nach Hause, non stop über die Berge der Süd- und Westalpen. Für's Tanken und Pinkeln humpelte ich um's Auto, gestützt von meinem Sohn. Mitternacht war schon vorüber, als wir in Düsseldorf ankamen.

Direkt zur Nachtambulanz ins Klinikum.

Das behielt mich dann drei Tage.

Jetzt nehme ich regelmässig Tabletten, spüre schon mal was, aber geh dann weiter.

Neben den sexuellen Reaktionen erlebe ich in den Begegnungen ein zweites. Sinnfragen tun sich mir auf.

Solcherart Reflexionen erzeugen bei mir Torschluss-panik.

Vielleicht hat das jeder vor'm Heiraten.

War bei mir in den vergangenen Ehen auch so.

Mit Alex kam es krass.

Der Heiratstermin war schon klar. Da bat ich sie noch einmal zu einem Sprechen über die Dinge. So grosse Augen hatte ich bei ihr noch nie gesehen, und gleich schossen auch Tränen hinein. Ihre Worte waren an Schroffheit kaum zu überbieten.

„Du weisst jetzt auf einmal nicht, was du willst?"

Ich schlug einen Spaziergang draussen im Regen vor. Ein paar Meter waren wir gegangen, dann lagen wir uns heulend in den Armen.

Sag noch einer, sich für's Heiraten entscheiden sei vernunftgeboren. In dem Moment fühlten wir nur noch und liebten uns auf dem feuchten Boden am Wegesrand.

Keine Panik.

Jetzt, mit 70, treibt es mich, zu meiner Heiratsabsicht als alter Mann Stellung beziehen.

Auf eine Frage wie die von Lisa neulich windest du dich grinsend ohne eine Antwort geben zu wollen.

Oder du sagst einfach „Ja". Lisa hatte zum Abschluss unseres Vorbereitungsgesprächs zur Gestaltung einer Alt-Jung-Weihnachtsveranstaltung gefragt; ich war schon mich im Gehen.

„Bist du wirklich schon 70?"

Sie, die 17-jährige lächelte gespannt.

Ich sagte „Ja", und freute mich der Gottgegebenheiten, die mich so aussehen lassen, wie ich aussehe oder wirke, auf andere wirke.

Oder sollte ich mich bei jungen Frauen noch besonders anstrengen? Gerade sitzen oder deutlich sprechen oder auf die Kacke hauen?

Ich weiss nicht.

In der Beantwortung steuerte ich noch so etwas wie eine Begründung meines nicht so kalendarischen Alters nach, also wie ich denn aussah:

„Spiele ja auch jede Woche Basketball".

In solchen Situationen fühle ich mich glücklich in die Enge getrieben.

Das Paradoxon ist gewollt.

Ist wie in Berlin mit der Bahn als Siebzigjähriger unterwegs sein, ein Ticket 65plus zu haben und bei jeder Kontrolle nach dem Personalausweis gefragt zu werden. Der dann mitleidig lächelnd der Kontrolleurin gezeigt wird; die den Perser mit leicht erstauntem Blick zurückgibt.

Eben: glücklich in die Enge getrieben!

Barbara, meine Projektpartnerin, sagte mir neulich noch - und mich überraschte dabei ihre Vehemenz:

„Ich kann's nicht ab, dieses 'So alt, nein, so sehen Sie gar nicht aus'." Ich hatte dann angemerkt: „Lass doch die Leute. So ist's eben." Dabei dachte ich an meinen Lieblingsspruch, den von Brecht:

'Die Verhältnisse, die sind nun so.'

Der Tiefgang meiner Reflexionen nimmt mich ganz schön ran. Bei 'aufs Ende hin' meine ich ja meinen eigenen Tod. Wenn ich nicht mehr mit den Lebenden bin.

Auch nicht in einer Halbwelt der Schatten. Das fand ich nicht nur bei den Griechen spannend. Bei der Lektüre und Interpretation des Buches 'Die Stadt hinter dem Strom' nahm mich das als Abiturient sogar richtig mit.

Ein echtes Gefühlsbuch! Damals.

Hermann Kasack, der Autor, hatte übrigens die Gruppe 47 als Literaturzirkel nach dem Krieg, dem 2. Weltkrieg, mitgegründet. Ja, das weiss ich noch.

Oder: Wenn ich – mit oder ohne Übergang – im Nichts bin.
Vielleicht liest du noch einmal das Stimmungsbild am Anfang des Buches. Die vierzehnjährige Annabell reflektiert, wie sie sich das Nichts vorstellt:
„Das Nichts ist ein Loch ..".
Dieses Denken 'aufs Ende hin' passiert mir nicht nur in Momenten, wo ich still in einer Ecke sitze. Oder von einer Bergkuppe in die Ferne schaue. Oder auf dem menschenleeren Strand das Überschlagen der Wellen beobachte.
Seit Anfang meiner Sechziger, seit zehn Jahren etwa, kommt's mir genau so, wenn ich wieder ein Projekt aus der Taufe gehoben habe..
Nur ganz für mich habe ich mich bisher gefragt, woher diese Endzeitgedanken kommen? Warum sie überhaupt eintreten? Warum ich sie zulasse?

Zu einer ersten Antwort habe ich nach einigen Überlegungen gefunden:
Wenn – was wir ja seit Adam und Eva und dem 'macht euch die Erde untertan' wissen, du also einen Gegenüber hast, mit dem du lebst und du etwas schaffen sollst ….
Wenn dies die grundlegenden Elemente für das Leben des Menschen auf der Erde sind …
Ja, dann weiss ich *nach tollen Begegnungen und besonderen Arbeitsleistungen*, dass ich jene nicht mehr so lang oder so oft erleben werde.
Ein langer Satz, hab ich ja auch länger dran gearbeitet!

So stellt sich mir die Situation mit dem Blick 'aufs Ende hin' wie folgt:

Nicht, weil ich nicht will, sondern weil ich nicht kann, wie ich will. Und mein Dickkopf will dann auch nicht mehr.

Hier klopft bei mir eine weitere Erkenntnis an:

Es wird nicht mehr eine Sache der Qualität sein. Ob ich's noch gut machen würde, ist hier nicht die Frage. Mir schwant, aber ich kann's noch nicht mit absoluter Sicherheit sagen, dass hier 'Quantität' die Oberhand über 'Qualität' gewinnt.

Das war im Leben bisher immer umgekehrt!

Doch ich frage mich:

Will ich das, diese Umkehrung meiner Erfahrung?

Muss ich das wirklich zulassen?

Und so ist mein Denken – ohne es eigentlich zu wollen – dem Blick 'aufs Ende hin' verhaftet.

Mal gucken was da noch kommt, wenn ich mit Laureen zusammen bin.

Na, erst mal '7 Jahre heiraten'.

Noch 7 Tage bis „7 Jahre heiraten"

Ich habe meine Jugendliebe wiedergetroffen!
Meine Ahnung, dass da, in diesen Tagen, noch etwas kommt, das mich umwirft, ja, sie hat nicht getrogen.
Wie vom Himmel geschickt!
Oder aus der Vergangenheit, der lebendigen.
Himmelssendungen darf man positiv sehen. So versuche ich mich unbefangen zu geben.
Geht gar nicht!
Über den Namen stolpere ich anfangs, weil er noch so tief in mir verwurzelt ist und sie sich doch jetzt Anna Luisa nennt.
„War immer schon mein richtiger Vorname, aber alle haben mich früher Liesel gerufen", meint sie.
Am Essener Hauptbahnhof: Die hochgewachsene Frau neben mir wendete den Kopf mit den kurzen grauen Haaren:
„Luc?" gedehnt sprach mich da eine Frau an, mit meinem Namen.
„Liesel!" Mein Erstaunen, meine Freundin von früher, ach was sag ich, meine erste grosse Liebe direkt vor mir zu sehen, war unbeschreiblich. Für einen Bruchteil hatte ich Bammel, sie so einfach zu umarmen. Dann drückten wir uns, eigentlich etwas vorsichtig.
Nein, so wild wie zuletzt, damals vor über 50 Jahren, war es nicht. Sicher nicht!

Von ihr erzählt habe ich dir schon, meiner ersten grossen Liebe, sie 21 und ich mit 17 noch jugendlich. Wir hatten uns auf der Ferieninsel Baltrum für 12 Tage und 11 Nächte gefunden. Jeden Tag waren wir zusammen, und jede Nacht hatten wir in ihrem

Zimmer in der Pension verbracht und die Tage am Strand der Nordsee.

Zwei-, dreimal waren wir mitten in der Nacht im Meer, baden, das erste Mal bei Meeresleuchten. Um uns herum lauter Glitzer und hinter uns ein heller Schweif wie bei einem Kometen. Als wir das Wasser verlassen hatten, zitterte sie am ganzen Leibe, Ihr Herz klopfte nicht, es raste. Erst als ich kräftig drückend sie in meine Arme nahm, wurde sie ruhig. Tat ich intuitiv, denn Erfahrung mit zitternden Mädchen oder Frauen hatte ich nicht.

Von Essen aus hatten wir den gleichen Zug genommen, den sie in Duisburg verliess. Dort wohnt sie.

Abends erhalte ich von ihr noch ein Mail, 3 Fotos. Da liegen eine 21jährige und ein 17jähriger im Sand und kuscheln sich, auch eins im Strandkorb ist dabei.

Sie müsste doch jetzt 73, 74 sein!

Sie ist älter geworden. Ja, das ist sie. Na, ich ja auch.

Ich habe ihre Zusage zu einem gemeinsamen Abend-essen. Bei ihr daheim.

Auf der Terrasse nehmen wir einen Apéritif, Apérol mit Weinschorle, Hatte ich mitgebracht. Ich bewundere ihren grossen bunten Blumengarten. Kunstvoll wild gehalten.

Den Apéritif hatte ich schon vor Jahren in Italien kennengelernt. In der Markttrattoria in dem kleinen Städtchen oberhalb des Gardasees tranken vier alte Knaben mit Schirm- oder Basken-Mütze gleich mehrere davon. Ich fragte die Bedienung, was das sei und bestellte einen für mich. Wieder zurück in Deutschland konnte ich es in den normalen Cafés und Kneipen nicht bestellen. Es gab's noch nicht bei uns. Heute ist es eins der gefragtesten Getränke hier. Apérol Spritz — meist mit Sekt anstelle von Wein – gibt's, wenn man sich einstimmen will, ins Dinner oder ins Tête-à-tête.

Ich bleibe über Nacht bei Anna Luisa. Sie lebt allein nach zwei verflossenen Ehen. Tatsächlich knüpfen wir da an, wo wir vor 51 Jahren aufgehört haben. Jedenfalls liegen wir korrekt nebeneinander im Bett, berühren uns sanft. Ein bisschen Streicheln. Mehr sie.

Kein Sex!

'Genauso wie früher', denke ich noch und bin eingeschlafen.

Laureen bestätigt mir per SMS, dass sie oft in Gedanken bei mir ist.

„Genauso ist es bei mir", schreib ich ihr spontan zurück. Dabei belasse ich es. Es passt mir jetzt, nach dem Auftauchen von Anna Luisa, in den Kram, dass wir darauf verzichtet haben, uns dauernd wegen aller möglichen Fragen zu befragen.

Auch nicht sehen, in diesen letzten Tagen. Sonst, in drei, vier Flugstunden mit Kurzstop in Paris wäre das zu schaffen.

„Pas de message de zéro ", hatte sie gemeint. Da hat sie mich doch mit erstaunt. Immerhin heisst das übersetzt: „Keine Null-Botschaften".

Meine kleine Philosophin! ('dein kleine Französin', hat sie mal geschrieben)

Zumindest hängt sie nicht total von Facebook oder Twitter ab, von deren Informationsgier gleich einem Schwarzen Loch, die eigentlich nur zur Selbstbefriedigung führen. Dabei nichts wirklich Neues, langsam Wachsendes, Unerwartetes ans Licht kommen lassen.

Eine Welt, wo mit Klicks Wünsche, Sehnsüchte ohne Unterlass hin und her geschoben werden.

Und am Ende sitzt man da – und rum!

Bin ganz baff, dass mir mit so wenigen Worten die Abrechnung mit den Blabla-Instrumenten gelingt.
Stimmt doch, nicht?

Jetzt, so kurz vor der Hochzeit mit Laureen bin ich ebenso von einer zweiten Frau gefangen. Was ich ja das eine um das andere Mal schon im Leben war.
Es wiederholt sich alles!
Und dieses Mal noch mit der gleichen Frau.
Nach 51 Jahren!

Wer ist die richtige Frau für mich?
Die Frau von 20 oder die Frau von 73,74?
Da tritt eine neue Frau in mein Leben, und ich verwerfe sofort meine Zukunftsplanung. Zwei Seelen sind in meiner Brust, versuchen zu rechtfertigen, dass das eine rechtens ist und das andere sowieso.
Meine Gedanken, was werden kann, rotieren und konkurrieren mit meinen Erinnerungen.
Da war so manches! Sehr Ähnliches.
Ich habe das alles schon erlebt.
Wie war das noch mit Ginette, der 69jährigen Französin, die meine 23jährige Freundin und spätere Frau Alex so in Irritation stiess?

Mit Alex war ich auf der Reise ans Mittelmeer. Unterwegs machten wir nahe Grenoble direkt an der Isère einen Besuch bei Ginette. Sie hatte ich immer wieder mal besucht, seit ihre Tochter – meine frühere Freundin Martine – jung verstorben war. Dir habe ich kurz von der Tragödie in den französischen Alpen berichtet.

Den bei meiner jungen Begleiterin aufkommenden Sturm hatte ich gar nicht mitbekommen, aber auf der Weiterfahrt am späten Nachmittag bekam ich kräftig Gegenwind.
Alex machte mir eine Szene, im Auto.
Es kam heraus, dass sie, die 23-jährige zum ersten Mal eine Alterskonkurrenz erlebt hatte. In dem gut zweistündigen Beisammensein auf der Terrasse hätte ich nur Augen für Ginette gehabt, meinte sie.
Das stimmte.
Ginettes Blicke, Worte, Gesten, Lächeln, Ernstsein hatten mich völlig in den Bann gezogen. Als sie dann noch vorschlug, den Abend und die Nacht bei ihr zu verbringen, wollte ich schon 'ja' sagen, als meine Freundin vehement das Wort ergriff, das Zimmer am Meer sei doch bestellt, und wir müssten jetzt weiterfahren.
War gar nichts gebucht!

Darüber sprachen wir dann, als wir wieder unterwegs waren.
Meiner Freundin hatte sich eine Welt aufgetan, die sie nie für möglich gehalten hätte, dass eben jemand, der eine junge Frau hatte, von einer alten Frau fasziniert sein konnte.
Während sie, die junge, dabei war!
Sie hatte die Gefahr gespürt, ihren Freund an eine ältere Frau zu verlieren, die 46 Jahre älter war als sie, und hatte deshalb so nachhaltig zur Weiterreise gedrängt.
Ich hatte mit offenem Mund und grossen Augen Alex zugehört.
So hatte sie die Begegnung also erlebt und ich denke, so war's gewesen. Alex sprach stets aus, was sie dachte, wenn's um Beziehungen ging. In unserem Scheidungsprozess später war's ein bisschen anders.
Eine andere Geschichte.

Was Ginette mit 69 Jahren gelungen ist, ist so ungewohnt nicht. Das weisst du, wenn du die knapp 900 Seiten der Altersforscherin Betty Friedan ‚Mythos Alter' durchhast. Genau auf den Punkt bringt's hier die Erkenntnis der Verhaltensforscherin Margret Mead, dass eben auch nach der Menopause bei der Frau für die Lust auf Sex das Feuer nicht ausgeht. Nie, wie sie betont.

Dagegen steht natürlich die Aussage der Politikerin von vorhin, die mit dem Alterssex. Nehmen wir einmal an, jene meint die Hundertjährigen.

Stimmt auch nicht ganz.

Manche über Hundert sind so aktiv, dass sie das Altersheim durchs Fenster in Pantoffeln verlassen und treten dann die Blumenbeete platt. Steht so in einem Buch.

Ich denke, ein solches Erleben wie das von Alex ist nicht durchweg frauenspezifisch. Ich hoffe für meine eigene Zukunft, dass auch Männerqualität nachhaltig bleibt. Ein Leben lang.

Mit Anna Luisa, meiner früheren Liesel, meine ich tatsächlich, ich könnte mit ihr wieder den intensiven Zustand meiner Jugendliebe zu ihr spüren.

Ein halbes Jahrhundert ist da wie ein Tag!

Ich hatte vorgeschlagen im Bett zu frühstücken. Sie wollte erst nicht. „Das habe ich noch nie gemacht", meinte sie. „Du wirst es erleben", meinte ich zu ihr. „Frühstück im Bett ist entspannter. Man kommt ins reden, und du hast Lust zuzuhören. Wenn ich allein bin und im Bett frühstücke, kann ich schon einmal zu Ende denken." Sie schien mir skeptisch.

Nach dem Frühstück im Bett – wir lagen noch drin – fühlte ich mich wie im siebten Himmel. Die enge Beziehungswelt von damals hatte mich wieder erfasst. 'Gefangen' wäre noch passender.

Mir schossen Tränen auf die Wangen. Weinend, nein, schluchzend liess ich mich an ihre Brust sinken. Wie ich mich bei ihr in diesem Moment aufgehoben fühlte!

Wunderbar.

Wobei? Analytisch betrachtet: Es kann auch ein Kind-Mutter-Effekt gewesen sein. Ausschliessen kann ich es nicht. Näher erörtern kommt mir nicht zu, bin ja kein Psychologe.

Mir muss klar werden, was ich will. Wen ich will!

Ad hoc hatte ich Anna Luisa bei einer Veranstaltung im allpha60-Sympathiekreis vorgestellt. Sie ist immer noch wie 50 Jahre zuvor eine elegante Erscheinung, weniger sportlich, mehr Dame. Dass das schon früher so gewesen war, wussten die Leute natürlich nicht. Nur, sie war jetzt in ihren Siebzigern, äusserlich.

Das Äusserliche war im Blickfeld.

Ein Vergleich zwischen ihr und der den Leuten schon bekannten Laureen kann für jene nur äusserlich stattfinden.

Anna Luisa konnte wunderbar parlieren, auf Personen, auf Gesprächsinhalte eingehen. Mit Laureen sprachen die Leute auch gern; mit ihrem französischem Deutsch war sie unübertroffen. Das heisst: Unentschieden im Vergleich.

Klar änderte sich das im Bett, und jetzt bin ich der einzig Vergleichende. Da sind keine anderen Leute. Im Bett ist nicht ganz korrekt, besser die Phase davor, wenn die eine oder die andere ganz oder halb ausgezogen war. Ich merke, wenn ich mich mit Anna Luisa vergnügen will, natürlich im Bett, stelle ich mir Laureen vor. Umgekehrt kommt mir Anna Luisa nicht in den Sinn, wenn ich mit Laureen im Bett bin.

Eindeutiger Vorteil der Jüngeren, noch ohne Hautverschleiss!

Rein technisch und schachadäquat gesprochen:

Dame 20 schlägt Dame 74.

Aber - ich schilderte dir noch eben eine Situation, die andersherum endete. Da waren beide angezogen. Gut, Alex war sowieso in der Mode zuhause und Ginette war einfach 'Grande Dame'.

Und da war das Ergebnis:

Dame 69 schlägt Dame 23.

Ja, so kann's daneben gehen, beim Vergleichen von Altersunterschieden.

Aber – kommt es auf Altersunterschiede überhaupt an?

Carolin, mit der ich nach unserer neunjährigen Beziehung weiter einen angenehmen Kontakt habe, hat daran zu knacken, als ich ihr von meiner Begegnung mit meiner Jugendliebe Anna Luisa berichte. Sie merkt sofort, dass es bei Anna Luisa und mir nicht nur mit einer Begegnung abgetan ist, sondern ich mich auch ihr nähere. Interessanterweise bringt sie jetzt nicht Laureen ins Spiel sondern sich selbst.

„Was hat diese alte Frau, was ich nicht habe?"

So hatte sie schon einmal gefragt, da ging's um die Zärtlichkeitsfähigkeit der Frauen aus der früheren DDR, wenn Männer aus dem Westen Deutschlands ihnen nahe kamen.

Ja, Carolin kann deutlich werden.

Ist ja auch über 10 Jahre jünger als Anna Luisa.

Dass Carolin nicht noch viel negativer zuvor mir gegenüber von Laureen gesprochen hatte, war schon für mich überraschend. Es gab Ereignisse, als Laureen noch WG-Mitglied war, die Carolin unmöglich als Vorteil für sich hätte verbuchen können. So, als ich nach einer Berlin-Rückkehr mit Laureen auf ein Bier los wollte, und Carolin plötzlich in der Tür stand. Das Ende vom Lied: Carolin blieb allein in meiner Wohnung zurück.

Carolin wollte, dass alles so lange wie möglich normal bleibt. Wenn ich's recht bedenke, war genau das das Kennzeichen der neunjährigen Beziehung in unserer Nicht-Ehe. Eigentlich passte es mir in den Kram.

Ich sagte dir schon, dass ich mich in meiner Faulheit durchaus sonne.

Auch wenn's regnet oder schneit.

Eine grundsolide Beziehungsbasis ist so schlecht nicht. Nur - die Spannung und der Reiz für Neues reduzieren sich.

Fremdgehen ist da keine wirkliche Alternative. Das nicht. Helfen tut einem da eher eine strikte Entscheidung.

Entweder du lebst so weiter wie bisher oder du gibst das Liebgewonnene einschliesslich Partnerin auf.

In dieser Reihenfolge ist es.

Es klingt sehr hart, das Sachliche vor der Person zu nennen. Ich meine aber, da musst du mit dir ehrlich sein.

Inzwischen - ein paar Jahre älter - ist mir klar geworden: Loslösung ist immer ein Thema, aber vor allen Dingen das Thema des Alters. Du erfuhrst schon von mir so manches davon, ich sprach da eher von Loslassen.

Ist nicht ganz das gleiche. Den Unterschied macht nicht nur eine Nuancierung aus.

Loslassen hat mehr das Objekt im Sinn und Loslösung mehr das Subjekt. Ich kann das leicht sagen, bin ja kein Pädagoge.

Ist eben meine Meinung.

Und diese sage ich, wenn ich sie sage, unverblümt.

Da bin ich ganz anders als Kierkegaard („mein Mann" als Spezialgebiet im Philosophieexamen damals an der Ruhr-UNI in Bochum). Der lässt sein Pseudonym J.C. im Vorwort zu seinen 'Philosophischen Brocken' betonen: „Eine Meinung zu haben ist mir zugleich zu viel und zu wenig, es setzt Sicherheit und Behaglichkeit der Existenz voraus, ebenso wie Weib und Kind haben das im Erdenleben tut, .."

Man kann sich auch drücken, Herr Kierkegaard!

Noch 6 Tage bis „7 Jahre heiraten"

Den Existenzphilosophen Sören Kierkegaard musste ich mir förmlich reinziehen. Hatte ich ja als Spezialgebiet im UNI-Examen in 'Philosophie' gewählt.

Und – wie halte ich es mit meiner Existenz? Mit mir selbst? Mit der Philosophie über mich?

Die Letter am Firmament leuchten hell:

Habe ich ausgeschöpft, was für mich zu erleben anstand? Alles? War's das? War es genügend? Für mich? Für Sören K. war es seine Verlobte Regine, die ihn Beziehungen bzw. eine Beziehung erleben liess. Und daraus zog der dann Schlussfolgerungen zum Erleben schlechthin. Auch hier kein philosophischer Extrakt. Wie schon gesagt: es gibt ja Volkshochschulen.

Ja, die Kernfragen, sie gehen mir nicht mehr aus dem Sinn. Ich will's dir differenzieren:

Hat mein Leben mich die wesentlichen Momente erfahren lassen, die mir Auskunft geben, mich den Sinn meines Lebens wissen zu lassen? Ich neige zu einem 'ja'.

Mir fällt etwas ganz Verrücktes ein, weil ich mich im Moment so mit dem Ja oder Nein abgebe.

Machen dir etwa Ja-Worte zu schaffen?

Mir ja!

Immerhin werden – wie es sich von alters her gehört – Laureen und ich uns in weniger als einer Woche unsere Ja-Worte geben. Das 'Oui' laut und deutlich gesprochen oder geflüstert, das ist mir gleich. Mme la Maire muss es verstehen, um den Ehebund zu initiieren und abzustempeln.

Auf jeden Fall habe ich mein Leben gelebt. Da beisst keine Maus einen Faden von ab. Doch die Euphorie über ein lebenssattes Dasein ist nicht durch die Bank angebracht. Einen Moment will ich von 'harten Zeiten' berichten, und zwar ganz privat.

So weiss ich über Schläge ziemlich genau Bescheid. Von meinem vierten Lebensjahr an bis hin zu meinem achtzehnten bin ich von meinem Vater geschlagen worden. Nicht nur Ohrfeigen hagelte es.

„Hier herrscht das Faustrecht", hab ich noch im Ohr. So flogen seine Fäuste und ich mit Schwung in die Ecke oder mit dem Stuhl um.

Dass es so kam, habe ich selbst herausgefordert. Als er an einem Morgen zwei oder drei Jahre nach dem Krieg auf dem Bett meiner Mutter sass, fragte ich aus dem Schlaf aufwachend „Was will der fremde Mann hier, Mutti?".

„Ich bin dein Vater", meinte der Fremde.

Als ich nach einer Woche immer noch nicht Vater zu ihm sagte, schlug er mich mit den Worten „Wer bin ich?" Es dauerte, bis ich der Sache ein Ende machte: „Du bist mein Vater".

So lernte ich mit Schlägen meines Vaters die ersten beiden Grundrechenarten, als ich noch nicht zur Schule musste, mit seinen Schlägen lernte ich schwimmen, mit ihnen bekam ich bei schlechten Zensuren zu tun, mit ihnen ach, bekam ich überall zu tun, wo ich's nicht brachte. Meine Mutter versuchte ihn davon abzuhalten. Sie schaffte es nicht.

Ich schaffte es schliesslich – nach 14 Jahren Beschlagung (oder wie nennt man ein so langes Schlagen?). Ich war gerade 18 geworden.

Den Grund kenne ich nicht mehr, aber mein Vater versuchte mir eine Ohrfeige zu geben. Ich wehrte seinen Schlag mit dem Unterarm ab. Er fand sich durch den Rückschlag am Boden wieder. Er muss wohl mit grosser Kraft geschlagen haben. Sich hochrappelnd ächzte er erst, dann brüllte er „Du hast deinen Vater geschlagen" und nahm wieder eine bedrohliche Haltung ein.

Ich blieb ganz ruhig bei meinen Worten: „Ich habe dich nicht geschlagen, nur deinen Schlag gegen mich abgewehrt. Aber hör gut, schlägst du mich noch ein einziges Mal, schlag ich zurück."

Ich war 1,83 und trieb Hochleistungssport, er war 1,68 und ein wenig rundlich. Nie wieder habe ich von ihm Schläge gespürt, durfte aber noch am selben Tag das Haus verlassen und zog erst einmal zu meinen Grosseltern und von denen aus in die Welt.

Schlagartig war ich erwachsen, trotz der gesetzlich vorgeschriebenen Jugendlichkeit bis 21 Jahren.

Den Tiefpunkten in meinem Leben will ich nicht zu viel Darstellungsraum geben. Sie fliessen mir auch nicht so zu. Doch über eine traurige Konsequenz der Schläge-verabreichung muss ich sprechen:

Schon mit 22 Jahren lernte ich mit Helen eine Witwe mit 3jährigem Kind kennen. Ich war gerade ein Jahr in Amsterdam gewesen und sprach sie sogleich mit dem holländischen Kosewort 'schatje' an. Es kam sehr bald zur Heirat. schatje meinte, eigentlich um ihres Sohnes willen. Ich wollt's nicht abstreiten, dass ich mich als ein Mann mit Sohn sehr glücklich fühlte.

Jetzt war ich Vater!

schatje, die als Kind von ihrer Mutter immer wieder mal mit Ohrfeigen traktiert worden war, als auch ich hatten nur die Erziehungserfahrung des Schlagens. Unser Sohn musste es ausbaden. Ich weiss auch nicht mehr warum, aber zumeist war ich zuständig für die Klärung der Familienkonflikte mit unserem Sohn. „Kümmer dich mal um Ad", meinte sie, „ich schaff's nicht".

Wie ich von meinem Vater geschlagen worden war, so schlug ich ihn. Das heisst, nicht die Fäuste waren es und nicht Anlässe, wie ich sie als Kind erleben musste. Aber es gab Ohrfeigen. Und jede – das weiss ich heute – war zuviel.

Mein ältester Sohn möchte nichts mehr von mir wissen. Meine Tochter auch nicht.

Sabine hat die einzige Ohrfeige, die sie von mir erhalten hat, mir nie verziehen. Aber es war für die Situation so was von notwendig. Ich wusste mir nicht anders zu helfen.

Es war auf dem Bauernhof, wo wir eine Zeitlang lebten. Auch uns, den Mitbewohnern, war angekündigt, dass der Juniorbauer am heutigen Sonntag Besuch bekommen würde. Seine neue Freundin machte den Anstandsbesuch. Das Tor zum Hof ging auf. Der Junior kam schnurstracks aufs Tor zu, um seine Freundin zu begrüssen. Unsere Haustür drinnen im Hof war auf. Wie meist.

Den Neuankömmling hatte auch unser Hund vernommen. Er sah aus wie ein Rottweiler, zeigte sich auch so wild, war aber keiner.

Er hatte die laut schreiende Freundin schon angefaucht bevor ich - hinter ihm her - ihn zurückhalten konnte. Aber der Junior war inzwischen da.

Sein Tritt liess unsern Hund zur Seite fliegen. Dort kam er winselnd wieder hoch. Ich war mit einem Satz bei ihm und gab ihm eine schallende Ohrfeige, dem Junior. Vor den Augen seiner Freundin!

Im folgenden Wortstreit war ich bemüht den Tritt nach dem Hund mit meiner Ohrfeige als Ausgleich dar-zustellen.

Mit einem Mal griff meine Tochter - sie war 11, 12 Jahre damals - mit fetzenden Worten gegenüber dem Junior ein. Die Ausgleichsstellung drohte zu kippen. Jetzt musste ich damit rechnen, den Junior so gereizt zu erleben, dass auch meine Tochter es spüren würde. Auch da hätte ich nicht tatenlos zugesehen. Und das messerlose Gemetzel wäre in die Vollen gegangen, und ich dabei chancenlos gewesen. Den Hund hätt's dann auch noch erwischt.

Auf dem Bauerhof geht der Weg vom Leben in den Tod für Tiere ohne Umschweife. Das musst du mir glauben.

Das alles ging mir rasend schnell durch den Kopf. Um die Eskalation abzuwenden, musste ich sofort re-agieren. Das tat ich.

Sabine lief schreiend ins Haus; ich war es, der ihr eine kräftige Ohrfeige verabreicht hatte. Das Geschrei mit dem Junior war verstummt. Wir stellten fest, dass eine unglückliche Situation entstanden war, wo keiner - auch der Hund nicht - Böses gewollt hatte.

Die Freundin hatte sich beruhigt, nicht aber Sabine. Weil ich unseren Hund nicht genügend verteidigt und sie, die das regeln wollte, sogar geschlagen hatte.

Aus meiner eigenen Kindeserfahrung weiss ich: Manchmal wollen Kinder nicht verstehen, warum Väter so handeln wie sie handeln.

Tja!

Mein jüngster Sohn Carel hat übrigens nie eine Ohrfeige von mir gespürt.

Die Zukunft hat mich wieder!
Was ist es dann, wenn ich jetzt mit über Siebzig vor einer neuen Lebenszeit stehe?
Da zeigt uns Stéphane Hessel, der Pariser Autor der Bestseller 'Empört euch!' und 'Engagiert euch!', mit seinen 95 Jahren noch eine Harke. Ist er doch mit seiner 82jährigen Ehefrau aufs Land in die Cevennen nach Südfrankreich gezogen. Ein befreundeter Schäfer und Philosoph (Sind Schäfer nicht immer schon Philosophen gewesen?) hat ihm das Leben mit Schafen und Ziegen schmackhaft gemacht. Und da er und seine Frau den Käse lieben, war der Anreiz gross. Er fühlte sich auch fit, bis auf die Füsse – wie er meinte. „Aber bis zum Bach schaffe ich es schon."

In meinen Endvierzigern hatte ich das mit einer neuen Lebenszeit schon mal. Zumindest was Beziehungen anging, dachte ich eigentlich: „Das war's". Ich rechnete tatsächlich mit der altersgemässen Hinfälligkeit, mit der ich so petit à petit (in Deutschland sagt man eher: peu à peu) konfrontiert werden würde.
Was aber passierte, war, dass mich ein Katapult nach vorn schleuderte. Ich hatte meinen Beziehungssprung. Ja, so muss man's nennen. Die Post ging ab. Natascha, die Magazinredakteurin, hatte ja in Kurzform darüber berichtet.
Aber nun, fast 25 Jahre weiter, noch mal ein Beziehungssprung? Schon wieder?
Zwar anders – doch irgendwie auch wieder so?

In mir läuft ein Film ab, der 'Klassische Dreier' mit Oria und Alex. Zwei Frauen und ich., dazu vier Kinder zwischen 2 und 7 und Hunde, Katzen, Kaninchen und frühmorgens Rehe vorm Haus.

'Wir sind so unterschiedlich und passen doch wunderbar zusammen.' Alex hatte das einmal festgestellt und Oria dem beigepflichtet.

Mir gegenüber und wahrscheinlich auch anderen hatte eine der anderen jedes Haar gekrümmt, früher bevor wir unter ein Dach zusammengezogen sind.

Im Liebesgedicht zu Weihnachten - ein Gedicht von zweien gleichzeitig - *„Luc, Deine Frauen lieben Dich!"* - hatten sie sich sogar als Todfeinde der Vergangenheit hingestellt. Bei dem gemeinsamen Liebesspiel schafften sie es tatsächlich, sich nicht zu berühren, wenn sie mich wechselten.

Mein Job war der des Balancehalters. Daran hatten die beiden im Gedicht auch erinnert. Sie hatten nie darüber gesprochen, doch ich fühlte mich tatsächlich als Reizmoderator, nicht dass noch Öde und Trägheit in unserer Beziehung überhand nehmen könnten oder - andersherum – in nicht gewollter Eskalation eine von uns abhob.

Die Vorteile von Alex habe ich genommen wie die von Oria. Gereichte mir etwas von einer zum Nachteil, nahm ich den Vorteil der anderen. Mir war schon klar: Früher oder später musste ich damit rechnen, dass eine meiner beiden Frauen sich nicht ganz aufgenommen fühlt, in dieser Dreierbeziehung. Daran zu denken, dass eine von ihnen mir Fremdgehen mit der anderen vorwerfen könnte, wie Alex es im örtlichen Hotel getan hat, nachdem ich sie – als hätt' ich's geahnt – in der

Nacht dort bei zwei Typen 'rausgeholt hatte, war mir völlig unbegreiflich. Doch genau das hatte Alex mir noch vor der Treppe entgegengeschleudert.

Es war so unerwartet.

Unfassbar.

Meine Vernunft flog mit Karacho davon. Ich hatte sie die Treppe hinunter geworfen.

Dieser Vorwurf, ich gehe mit Oria, meiner Gefährtin per Vertrag, fremd, trifft mich härter als Alex ihr Fremdgehen.

Ja, so ist es.

Für mich war das Grossfamiliäre, unser Klassischer Dreier, einfach Spitze. Meine Freiheiten hatte ich - gut, die anderen auch. Meine Hausverpflichtungen habe ich gern angenommen.

Auch die Kinder hatten ihren Platz gefunden. Genossen haben sie und ich es, als wir zwei Sommer lang nach Rügen fuhren, vier Kinder zwischen 2 und 7 und ich, der fast 50jährige Ziehvater. Immer eine Woche. Der Geländewagen war mit all den Klamotten und den drei Zelten vollgepackt. Ich war stolz gewesen, dass die Mütter mir ihre Kinder so mitgegeben hatten.

„Dass ihr alle vier in dem Alter mit einem so alten Mann, einem Fremden, allein auf die Reise schickt. Reines Abenteuer!" das hatten sie von nicht wenigen aus Familie und Nachbarschaft gehört.

Ich hab das genauso als Abenteuer verstanden. Die Kinder auch. Deshalb sind sie ja mitgekommen.

Nie zum Ausdruck gebracht hatte ich, zu keiner meiner Begleiterinnen: 'Du sollst keine anderen Männer neben mir haben!' Zu heilig.

Der Geist (nicht der Text) dieses Satzes ist festgeschrieben im zweiten und fünften Buch Mose, im Alten Testament.

Heiss gewünscht habe ich mir das von Anfang an, eben, dass Oria und Alex, meine beiden Frauen, nur mit mir schlafen würden.

Wenn ich aber alt und abgewrackt wäre, was dann sein sollte, das war mir nicht klar. Ich denke da nicht weiter.

Mach mir auch kein Bild von mir im Alter, auch nicht von den beiden. Sie sind ja sowieso um viele, viele Jahre jünger als ich.

Nein, noch wichtiger ist mir, dass ich stets ihre Anerkennung habe. Dafür haben wir aber auch gerungen, damals in der Heiligen Nacht.

Wir? Das sind Oria, 31, Alex, 23, und ich mit knapp 50. Und wir alle mit Ehevertrag.

Zusammengehörigkeitsvertrag.

Eine verrückte Geschichte zu Weihnachten

Noch 5 Tage bis „7 Jahre heiraten"

Wann gehört man zusammen?

Darüber haben Laureen und ich noch nie gesprochen. Mit Anna Luisa habe ich es für einen Moment gespürt, im Bett nach dem Frühstück.

Ich denke, es ist das 'Ensemble c'est tous' (ich nannte dir den Film mit der formidablen Audrey Toutou bereits), was die Zusammengehörigkeit ausmacht.

Eine Zeitlang war es so mit Oria und Alex, dort im Haus am Wald hoch im Erzgebirge. Jeder und jede fühlte sich als Teil der Familie und in Partnerschaft, ganz konven-tionell, eben klassisch 'Klassischer Dreier'.

Die beiden Frauen hatten die Idee, unser Zusammen-sein in Zusammengehörigkeitsverträgen zu fixieren. So geschah es dann. Der Kalender zeigte den 24. Dezember an, Heilige Nacht. Morgens, gegen halb vier, haben wir unterschrieben. Lass den Dialog auf dich wirken.

„Wir möchten, dass du mit uns einen Ehevertrag eingehst." Oria und Alex sprachen es unisono aus. Es klang wie eingeübt.

„Richtig geschrieben, unterschrieben." Alex fügt es hinzu.

„Einen Vertrag mit Gültigkeit und allem drum und dran?" Ich war verdutzt.

„Eine Verpflichtung, dass wir in Freud und Leid beieinander sind, uns lieben wollen, bis ans Ende?"

„Bis ans Ende unserer Liebe, Luc. Wir wollen es ehrlicher als im Ehevertrag der Kirche angehen.

Oder, Alex? Willst du 'bis der Tod uns scheidet'?"

„Euer Kirchenkram interessiert mich nicht. Mit dem Ende der Liebe ist ok."

„Wofür braucht Ihr sowas?"

„Du weisst doch, Frauen wollen gern einen Ring am Finger haben." Alex spricht sehr sachlich.

„Wenn sie mit einem Kinderwagen gehen." Oria erklärt Alex' Erklärung.

„Eheringe sind out, Papiere in. Deshalb Luc."

Das kommt mir nun sehr bekannt vor. Als ich vor einem Jahrhundert mit schatje getraut wurde, legte der Pfarrer uns die Hände zusammen. Sonst machte er das nur bei einem Verstorbenen. Er war in der Vorbereitungsbesprechung sehr irritiert gewesen, als wir ihm zu verstehen gaben, wir möchten ohne Ringe getraut werden.

„Was soll ich dann machen?" Naiv fragte er. Kaum lachen konnte er über meine Bemerkung.

„Machen Sie uns einen Knoten in die Finger."

„Ihr meint, mit dem Ehevertrag gehören wir erst richtig zusammen?"

„Vielleicht, Luc." Jetzt wurde Oria sachlich.

„Nennen wir es doch nicht Ehevertrag.

Wie wär's mit Zusammengehörigkeitsvertrag?"

Das will ich genau wissen.

„Ich soll also mit euch einen Zusammengehörigkeits-vertrag machen?"

„Im Grunde zwei, Luc." Oria bleibt präzise.

„Einen mit mir und einen mit ihr."

„Unterschiedlicher Text bitte." Alex wird auch präzise und weist gleich an.

„Also zwei Gedichte?" Ich frage ganz vorsichtig.

„Du kannst es als Liebeserklärung schreiben, und wir akzeptieren sie mit Unterschrift." Auch Oria gibt jetzt Anweisung.

„Ich weiss nich."

„Er kommt in Schwierigkeiten, Alex."

„Sei kein feiges Huhn." Alex, das Mädchen vom Lande spricht es schon einmal ländlich.

„Ich muss darüber nachdenken."

Für solche Fälle hatten wir in der Jugend das Wort Muffensausen. Was es wirklich bedeutet, wollte ich eigentlich nie wissen.

Oria schaut auf die Uhr. „Es ist bald Mitternacht. Schaffst du's in 'ner Stunde? Wir lassen dich auch allein. Was gibt's denn für'n Weihnachtsprogramm, Alex?"

Ich will mich erheben, nach nebenan gehen.

„Nein, Luc, du brauchst nicht aufzustehen. Bleib du hier im Kaminzimmer. Wir gehen rüber."

Ich bleib zurück und giess mir einen Whiskey ein, zwei Finger breit und ohne Eis Das Grübeln kommt von alleine. Was die alles von mir wollen!

Verträgen fühl ich mich verpflichtet, vor allen Dingen Eheverträgen. Dieser Zusammengehörigkeitsvertrag ist nichts anderes. Andererseits: Eheordnung hat auch was Stabilisierendes.

„Bist du schon ein Stück weiter?"

Oria hatte die Tür einen Spalt geöffnet. Ich sitze noch so, wie sie mich zuletzt sahen.

„Noch einen Whiskey?"

Meine Antwort kommt locker:

„Nein, Schätzken."

Wieder allein, gehe ich weiter in Gedanken. Den beiden ist der Vertrag wichtig. Mir auch? Ich bin doch glücklich und zufrieden mit ihnen. Mit beiden oder besser: mit jeder von ihnen. Vielleicht, weil eine Frau allein mich nicht einvernehmen kann.

Was habe ich im Moment?

Frei handeln, ja das kann ich. Einfach abhauen, wenn es mir in den Sinn käme, kann ich auch.

Das geht nicht mehr, wenn die Verträge bestehen. Mich packt die Unruhe. Sie mildert sich, als mir einfällt: Für die Frauen sind die Verträge ja auch bindend. Mir schwirrt es im Kopf herum. Ich muss raus.

Den beiden nebenan sag ich nichts. Greife mir eine Flasche Bier und meine Holzfällerjacke aus Amerika. Unser Hund will auch hoch. Ich scheuche ihn zurück. Draussen ist sternenklare Winternacht, hauchzarte Schneedecke.

Ich lasse den Geländewagen vor dem Haus an, schalte Allrad ein und fahre mit Schwung über die leicht schneebedeckte Wiesenfläche. Erst gegenüber am oberen Berghang halte ich an. Von hier aus geht mein Blick über das ganze Tal. Unser Haus am Wald mittendrin. In der Weihnachtsnacht sind die Tannenbäume hinter den Fenstern in der Ferne auch über Nacht an. Ich öffne die Flasche, nehme einen kräftigen Schluck. Das Bier ist kalt. Unser 'Haus am Wald' habe ich nun im Visier. Mit meinem Fernglas könnte ich die Frauen hinter den Fenstern vielleicht heranholen. Ich hab' keins dabei.

Was ist mit mir? Torschlußpanik?

Sitzt mir der erste Ehevertrag mit schatje noch in den Knochen? Ich lebe doch mit Alex und Oria bestens zusammen.

Das Bier ist alle. Mein Denken hat mir nicht weitergeholfen. Handeln ist angesagt.

Ich bin zurück. Dass ich weg war, hat die beiden nicht überrascht, höchstens, dass es so lange war. Es ist ein Uhr nachts durch. Eine neue Flasche habe ich mit hoch ins Kaminzimmer genommen. Wir sitzen im Dreieck.

„Na Luc, König der Eiertänzer?"

„Alex, du musst ihm Zeit geben. Er hatte nur 'ne gute Stunde."

Die beiden gehen mich aufreizend ironisch an. Ich lass mir nichts anmerken.

„Warum wollt ihr von mir diese Liebeserklärung?"

„Soweit bist du schon?"

Oria reagiert als erste.

„Wenn du dich schon zu einer Liebeserklärung durch-gerungen hast, bist du bald bei uns." Ich widerspreche nicht, frage aber nach.

„Warum also diese vertragliche Liebeserklärung? Du, Alex."

„Ich? Oria soll anfangen."

Da muss ich doch lachen. Meine Süssen spielen mit mir. Es macht mich schon wenig stolz, dass sie sich so souverän geben. Ich hüte mich, das zu sagen. Sie beherrschen das Spiel gut.

Das ist nicht nur ein Produkt ihrer Emanzipation, für die beiden ist es bereits Methode. Drückt ihr Selbständigsein aus.

Dass sie es sind, die mir zeigen, wo's lang geht, kommt mir nicht so vor, dass dies etwas ist, was ich als Mann zuvor abtreten musste. In den Wörterbüchern steht für Emanzipation immer Abtretung an erster Stelle.

Schau ich in mein lateinisch-deutsches Schulwörterbuch, den Stowasser, steht da doch für Emanzipation 'Scheinverkauf'.

Zu 'Abtretung' fällt mir noch die Bibelstelle mit der Rippe ein. Ist wohl zu weit hergeholt.

Ihr Spielen hat etwas Sportliches an sich. Das Spiel spielt sich, spielt sich ab, bis es aus ist. Ernst ist es nur durch die Spielordnung und nach dem Spiel. Oder wenn im Spielen wer ernsthaft getroffen wird und dann betroffen ist. Ich bin kein Spielverderber, geniesse mit den beiden die Spielstimmung. Sie sind noch wahrhafte Amateure, nichts von profihafter Geldgier. Mir kommt ein Gedanke, und ich frage ganz direkt, mit freundlich drohendem Unterton.

„Sagt mal, hat unser Vertrag mit Geld zu tun?"

Beide Frauen lachen laut auf. In Gedanken gebe ich klein bei. Verdammt. Irgendwie bin ich voll in ihrer Hand.

„Behandelt mich nicht so als Objekt!"

Ich fühle mich unwohl. Mein Impuls, hinter die Gründe zu steigen, warum das Spiel so abläuft wie es abläuft, ist schon wieder geschwunden.

Es ist Sartre-Methode, nur anders herum als sein 'Das Spiel ist aus':

Das Spiel spielt.

Ich hatte gar keine Chance, bei dem 'faites vos jeux' auszusteigen. Die beiden haben mittendrin angefan-gen. Es sind nicht meine Spielregeln, nach denen die beiden spielen.

„Ok, was soll ich tun?"

Alex ist in den Nebenraum gegangen. Gleich um die Türecke steht ein Computer. Ich höre, wie sie ihn bootet. Sie kommt zurück, läßt die Tür zum Nebenraum geöffnet.

„Du kannst gleich schreiben, Luc."

Oria ist gleichermaßen hilfsbereit.

„Möchtest du noch was trinken?"

Ohne zu antworten setz ich mich an den Computer. Das blaue Fenster lädt zum Reinschreiben ein. Das himmlische Blau zieht das Weiss der Buchstaben förmlich an. Es ist ganz anders als auf Papier zu schreiben. Dort überlagert das Geschriebene die papiernene Fläche. Was mir plötzlich so auffällt!

Was nun zu schreiben ist, scheint wichtig zu sein. Tätowieren kommt meinem Eindruck am nächsten, ist es aber nicht. Das wäre es erst, wenn die Haut die Nadel in sich hineinziehen würde. Hier ist es ein geistiger Akt.

„Na, klappt's?"

Alex hält mich unter Aufsicht. Was die Frauen für ein Spiel halten, ist bei mir grösster Ernst. Und dann habe ich einen Einfall: Das Spiel kann ich ja selbst bestimmen und beenden, denn ich bin es, der den Vertragstext schreibt. Mit zurückhaltender Heiterkeit lege ich los.

Die Überschrift steht schon:

'Liebeserklärung zum Zusammengehörigkeitsvertrag'.

Mit wem fange ich an? Frauen achten auf so etwas.

Ich entscheide mich für das Alphabet.

A kommt vor O.

>Lebensgefährten Alex und Luc<.

Hier geht's ums Eingemachte. Für Überschriften und Unterschriften gelten Abkürzungen nicht.

Ich finde, mit dem Text habe ich mir Mühe gegben. Das müsste reichen. Ich rufe nach nebenan.

„Sagt mal, ist es nicht fairer, wenn ich den Text kopiere, dass jede den gleichen hat?" Mein vordergündiger Hintergedanke ist, bei einem Textverdoppeln kann keine beleidigt sein. Sonst könnte ja mal dieser oder jener Punkt, der fehlt oder nicht powerfull genug zum Ausdruck kommt, Knatschigkeit hervorrufen.

Da bekomme ich auf meinen Vorschlag hin aber was zu hören!
„Auf keinen Fall! Dann wären wir ja austausch-bar." Oria lässt
Widerworte nicht zu. Alex ist ihrer Meinung.
Sie haben ja recht; ich stimme den beiden zu.
Hat ja auch jede ihre ganz eigene Qualität!
Da regt sich bei mir wieder ein gewisser Stolz auf die beiden,
meine Frauen.

Mach ich also die nächste Erklärung und überschreibe am
besten die alte. Nicht, dass ich noch ein Thema zum Liebesver-
sprechen vergesse.
>Lebensgefährten Oria und Luc<
Ich hab's fertig und bin mit beiden Erklärungen zufrieden.
„Hört mal. Wollt Ihr sie gerade mal ansehen, bevor ich sie
ausdrucke, und wir sie dann unterschreiben?"
Sie lesen zuerst die Erklärung und zwar laut vor, die Luc für Alex
vorgesehen hat, und dann die für Oria.
„Ja ok."
Alex ist unterschriftsbereit.
„Auf keinen Fall so."
Oria ist überhaupt nicht zufrieden.
„Da fehlt ja die Hälfte."
Ja, die Erklärung für Oria habe ich prägnanter gefasst.
Textmäßig war sie auf etwas mehr als die Hälfte von Alex ihrer
zusammengeschrumpft.
Natürlicher Vorgang. Bei gegebener Vorlage kann jede Art von
Text präziser gestaltet werden.
Oria brachte mit Vehemenz eine Diskussion in Gang.

Es war weit, weit nach Mitternacht.
Tiefe Heilige Nacht. Alle waren hellwach.

Alex versucht zu vermitteln. „Luc hat dich doch richtig getroffen. Was willst Du denn, Oria?"

Oria war richtig betroffen. Sie zog sich Zeile für Zeile an jedem Ausdruck hoch. Ich wurde ärgerlich, dachte ich doch, es so richtig gemacht zu haben.

Das Spiel war aus. Das Spielerische verschwunden. Kein Rhythmus mehr und keine Harmonie. Feilschkultur war aufgekommen.

„Guck mal deinen Text, Alex. Luc ist bei dir in alles einge-stiegen."

„Ja, es gefällt mir auch. Aber deiner ist doch elegant geglättet."
„Ich will nichts Glattes."

Oria schreit es heraus. Sie ist selbst überrascht. Wenn einer laut ist, ist es eher Alex. Ich auch schon mal.

„Ich will Ursprüngliches, Luc.
Endreime sind für den Arsch komponiert."
„Ok, ok, ok! Ich ändere es."

Ich bin's leid.

Andererseits, Oria ist so richtig Frau.

Ich schätze sie sehr in diesem Moment.

Das Spiel läuft doch noch! Nur - Oria hat die Methodiken des Spiels ausgewechselt.

Sie fechtet. Ich mache mir von Alex' Erklärung einen Ausdruck, lege ihn neben mich. Von neuem beginne ich zu schreiben, halte mich jetzt eng an meine Worte für Alex.

„Du musst jetzt einen Satz darunter bringen. Eine Gegenerklärung. Erst dann hat es Vertragscharakter." Ich mache Oria den Platz frei. Sie schreibt sofort los.

Nach dieser Geburt bin ich geschafft.

„So jetzt unterschreiben und darauf anstossen."

„Soll ich noch eine Flasche Sekt holen?"

„Na klar, Luc, was denkst du denn?" Alex hat den Schlussakkord im Griff.

Ich habe drei Gläser eingeschenkt. Die Blätter liegen je zweifach zum Unterschreiben auf dem Tisch.

Die Blätter. Es sind Geburten!

Die Frauen unterschreiben zweimal. Ich muss viermal ran. Wir lassen die Gläser aneinander klingen.

In der Heiligen Nacht ist es jetzt halb vier morgens.

Ein der Feierlichkeit angemessener Akt wird mit allge-meiner Zustimmung auf später verschoben. Die Müdig-keit kommt bei uns allen dreien wie ein Schlag.

Ob die in Bethlehem damals die Nacht durchgemacht haben?

Noch 4 Tage bis „7 Jahre heiraten"

Dass Laureen mich anerkennt wie ich bin, geht mir runter wie Öl. Da reicht schon ihr Heiratsversprechen, zu mir dem Siebzigjährigen. Sie weiss ein bisschen, worauf und etwas mehr, auf wen sie sich einlässt.

Blauäugig ist sie nicht.

Wie oft haben wir - als sie bei mir in der Düsseldorfer WG wohnte - über Alt : Jung - Beziehungen geredet. Ganz generell zunächst, dann sprach sie von ihren Bekanntschaften mit älteren Männern. „Sexfrei", versicherte sie. „Aber einer, der hat mir doch tatsächlich Gedichte gemacht. Ich habe sie meine Mutter lesen lassen. Ja, wir waren beide beeindruckt, richtig angetan."

Doch – wenn Laureen von Anna Luisa erfahren wird ..

Ich denke den Satz nicht zu Ende.

Keine Ahnung wie sie es aufnehmen würde. Krachen lassen kann sie es. Und schimpfen kann sie, wenn's im Job mal nicht klappte, wie's sollte. Doch bei mir ..

Ich fühle, ich bin wer für sie.

Bei Anna Luisa bin ich nicht so sicher. Eigentlich hat sie nur mit mir Erfahrung, als ich für sie ein junger Spund war. Zuweilen erwähnt sie ihre Kontakte zu Professoren, auch ihr Ex ist einer, ein Experte für Schlaftherapie.

Dass ich mir dann klein vorkomme, liegt eindeutig an mir.

Ein Traum hat mich über all die Jahre nicht losgelassen.

Meine Exex schatje spielte darin eine mich verstörende Rolle. Ich war zu einer Runde ausgelassener Kneipenbesucher gestossen. Alle sassen um einen großen Tisch, vielleicht fünfzehn Männer und Frauen. Meine liebe Ehefrau schatje sass mittendrin, winkte mir kurz zu. Sie lag an der Schulter ihres Nebenmannes. Sein Aussehen hatte Ich vergessen. Mir schien er jünger als ich zu sein. Ich wusste, schatje hat es schon mal mit Jüngeren.

Ihren Arm nahm sie nicht von seiner Brust. Dass ich, ihr Mann, in den Raum gekommen war, nahm sie zu Kenntnis. Das war's dann schon. Ich fühlte mich nicht erkannt, von meiner Frau anerkannt. Ihre aktuelle Gemeinschaft war ihr genug.

Mir hatte es einen Schlag versetzt.

Ich war wieder gegangen oder hatte mich in den hinteren Teil der Kneipe verzogen.

Es war das Ende des Traums vom Anerkanntsein.

Mir kommt der Gedanke.

Es kann für mich auch deshalb so wichtig sein, weil Anerkennen das Proprium des Du im Gegenüber ist.

Du kennst das 'Auf Augenhöhe sein'.

Gott hat den Menschen als Gegenüber geschaffen. Wie die Steintafeln berichten, nicht als Malochersklaven für die Gilgamesch-Götter.

Nein, der Gott der Bibel lässt den Menschen teilhaben an dem Geschehen.

Das Ganze kann auch mit dem biblischen 'Erkennen' zu tun haben, dem hebräischen 'jada'.

Dada und der Ismus aus den zwanziger Jahren des vorigen Jahrhunderts könnte als Anlehnung gelten, nicht nur als Klanglaut.

'Jada' ist hebräisch und heisst: sich sehen, sich nehmen, sich vereinigen und ist das Wort für Geschlechtsverkehr im Alten Testament.

Zu lesen an zig Stellen!

Das sagt natürlich etwas über den Stellenwert von Sexualität im Alten Testament aus!

Im 38. Kapitel des 1. Buch Mose zeigt eine Begegnung wie 'Erkennen' zwei unterschiedlichen Sachverhalten gerecht wird. Im Kapitel findest du noch zusätzlich zwei – ich finde: mächtige – Begründungsgeschichten, die in die heutige Zeit ragen. Es betrifft die Onanie des Onan und den Hinweis, dass mit einem Geschlechtsverkehr nicht die Zeugung eines Kindes verbunden sein muss.

Mir geht's hier aber um das zauberhafte Wort 'erkennen'.

Kurz die Vorgeschichte zum anschliessenden Bibeltext: Judas' (ein Sohn Jakobs) Schwiegertochter Tamar sah sich gezwungen und hatten guten Grund, sich als Hure ihrem Schwiegervater schmackhaft zu machen. Dieser gab ihr als Bezahlung drei persönliche Wertgegen-stände. Als Tamar schwanger wurde, suchte sie Juda auf:

>Und Tamar sprach: „*Erkennst* du auch, wes dieser Ring und diese Schnur und dieser Stab ist?" Juda *erkannte* es und sprach: „Sie ist gerechter als ich; denn ich habe sie nicht gegeben meinen Sohn Sela." Doch *erkannte* er sie fürder nicht mehr.<

Das Wort 'erkennen' siehst du kursiv; die ersten beiden Male bedeutet es 'sehen', dann 'miteinander schlafen'.

So kurz und umfassend wie 'jada' kenne ich kein Wort der heutigen Tage.

'Jada' schliesst ja auch die dem Akt folgende Erkenntnis ein, dass man weiss, was die oder der Gegenüber für einen bedeutet.

'Und sie erkannten sich.'

Da klingt nichts schöner in und nach einem Liebesakt!

Meine stets intensive Erfahrung in den Tagen vor jedem Entschluss zur Zusammengehörigkeit löst auch jetzt bei mir einen Bammel aus. Wieder mal!

Tu ich mir mit der Heirat, mit Laureen, was an?

Was habe ich? Was kommt?

Und was könnte mir Anna Luisa Gutes tun, so wir das Älterwerden zusammen erleben? Es passt mir nicht. Bin schon wieder mitten im Vergleichen.

Gibt es für mich noch die Alternative allein zu leben und zu beiden, zu Laureen und Anna Luisa, eine Beziehung zu haben.

Will ich überhaupt mit einer Frau zusammenleben?

Der Vergleich von 'allein leben' und 'in Partnerschaft leben' lässt mich nicht mehr in Ruhe.

Ich spüre es; es wird ernster:

Mir kommen immer mehr Fragen entgegen.

Das ist nicht eine Sache der Vernunft.

Aber kann man Fragen fühlen?

Es gilt Entscheidungen zu treffen, dies umso mehr, wenn man in Partnerschaft leben will.

Leb ich allein, kann ich viel eher 'fünfe gerade sein lassen', mich mal so oder so entscheiden – von jetzt auf gleich.

Bist du in Partnerschaft, treffen dich Entscheidungssachverhalte an jeder Front. Wo Front ist, ist nun mal vorn; die direkte Übersetzung bedeutet 'Stirn'.

Das heisst, du merkst plötzlich Frontverläufe. Wie im Krieg, wo es gilt, Positionen zu besetzen und zu halten.

Dann aber wird's sphärisch. Du erlebst bei dir und deinem Gegenüber, was es heisst, 'ein Herz und eine Seele' zu haben. Nein, besser: in solch einem Zustand zu sein.

Den möchtest du eigentlich nicht mehr missen. Fallen dir doch mit einem Mal alle Entscheidungen leichter; du lässt sogar mal für dich entscheiden.

So war's es in Paris mit Laureen gewesen. An sich jedes Mal mit jeder meiner Reisebegleiterinnen - mehr oder weniger.

Mit meinem Heiratsvorschlag hatte ich ein gemein-sames Wochenende in Paris vorgeschlagen.

Zur Abklärung unserer verrückten Idee mit dem „7 Jahre heiraten", hatte ich gemeint.

Drängender war mir, dass ich Laureen endlich mal wieder eng bei und an mir haben konnte. So war es auch, als ich sie freitags halb elf vom Zug abholte. Sie hatte den TGV von Brest in der Frühe genommen. Ihren Rucksack wollte sie selbst tragen, als wir vom Bahnhof nur die paar Meter zu Fuss zum Hotel mitten in Montparnasse gingen.

Klar nahmen wir unterwegs einen Café Crème, kamen wir doch direkt an meinem Lieblingsbistro La Liberté vorbei. Ich sitze gern dort und schaue auf das Treiben am Place d'Odessa. Da muss nicht erst drumherum Markt sein, wie jeden Mittwoch und Samstag – und dann sonntags der Bildermarkt. Da ist immer was los.

Am schönsten war es einmal für mich, als ich an einem Abend zunächst allein auf der Terrasse sass, und sich ein junger Mann mit Gitarre ganz vorn an einen Tisch setzte.

Dann spielte der.

Nach gefühlten drei Stunden spielte er immer noch. Die Terrasse war voll besetzt. Der arme Mann bekam ein Getränk nach dem anderen auf seinen Tisch gestellt. Die Musik war zum Wippen und Träumen. Ich fühlte mich beglückt. Wahrscheinlich nicht nur ich.

Ja, es geht auch ohne Sprechen mit jemandem, ohne Sex, ohne sonst was.

'That's really, that's live', pflege ich in solchen Momenten von mir zu geben. Ist mir egal, ob's wer versteht. Versteht aber jeder. Ich liebe diesen Ausspruch des Leaders von Fleetwood Mac, der seinen Sänger Lindsay Buckingham lobpreist. Wenn mir bei denen auch Stevie Nicks' Gesang noch besser gefiel!

Wegen einer Klausurvorbereitung musste Laureen schon am Sonntagvormittag zurück. Ich war eigentlich nicht enttäuscht, über diese Einschränkung unseres Wochenendes, war ich doch sicher, dass wir alles, was noch zu klären war, auf die Reihe kriegen würden.

Als wenn einem mit dem Alter die Bedenken abhanden kommen!

Könnte doch sein.

Und - kann das nicht der Grund sein, warum wir immer wieder über die Medien erfahren, dass trotz laufenden Mahnens durch jene als auch durch die Polizei schon wieder der berüchtigte Enkeltrick geklappt hat?

Du weisst ja, da kommt ein Anruf an eine alte Dame: „Sie sind doch die Oma von … Ihr Enkel liegt nach einem Unfall verletzt im Krankenhaus."

In dem Hinundher am Telefon erfährt die alte Dame, dass das Krankenhaus nicht operieren will, wenn nicht eine erste grössere Anzahlung erfolgt ist. Es geht um das Leben des Enkels, auf die Entscheidung der Krankenkasse könne man nicht warten. Eine erste Sicherungszahlung für die Operationskosten wäre sofort nötig und würde gleich bei ihr abgeholt werden.

Na, die langsame Arbeitsweise der Krankenkassen kennen wir doch. Welche Oma sich da noch mit der Zahlung zurückhält, riskiert eine geliebtes Menschenleben – oder ist … weise.

Ich bin immer gern allein auf Reisen gegangen, meist Kurzreisen und immer wieder nach Paris. Doch, eins muss ich dir sagen:
Die wahrhaften Reisehöhepunkte erlebst du nur, wenn du einen Gegenüber hast, mit dem du zusammen bist.
Ok, auch mit Tisch und Bett. Muss aber nicht sein.
Entscheidend ist, dass du dein Erleben mit jemanden teilst.
Eine solche Teilhabe tut immer gut, finde ich.

Das Zauberwort dafür ist Partizipation.
Partizipation ist da keine Forderung mehr sondern integrierter Zustand und schafft faktisch jeden Grad an Unterschieden ab.
Nicht mehr Subjekt und Objekt sondern alles und jedermann auf Augenhöhe! Jede Frau auch (die Genderreferenz nervt mal wieder!).
Klingt jetzt humanistisch und christlich, es soll aber so gesagt sein: Herrschaft und Dienerschaft ist kein Klassenunterschied mehr.
Alles hebt sich in allem auf - in der partnerschaftlichen Beziehung!
Der Himmel auf Erden?
Das Paradies?

Das bekannte Paradies brauche ich dir nicht gross zu beschreiben. In den Religionen der Welt wird es eher im Himmel verortet. Doch überraschend für mich heisst es im Koran, dass im Garten Eden eine riesige Zeder als Grenzpfahl gilt - Koran 53,16. Also doch nicht im Himmel? Wir wissen ja: Bäume wachsen nicht in den Himmel.

Jede und jeder kennt es aus den Schilderungen der Bibel, als alles begann. Die Erst-Menschen dort, Adam und Eva, waren schon auf dem Sprung, über den Zaun zu steigen. Gott hatte ihnen nämlich zu verstehen gegeben, dass da noch etwas ist. Sie würden es aber erst erkennen, wenn sie in der Lage sind, über gut und böse sich klar zu werden. Auf dieser Stufe wären sie dann sogar gottgleich.

Da hören wir ganz lapidar, dass 'Im Paradies sein' heisst, sich seiner selbst nicht bewusst zu sein.

Ist doch so – oder?

Wie bekannt ging das Bewusstmachen nur über den Verzehr eines Apfels.

Und die Frau hatte die Arschkarte.

Dieses Ereignis der sündhaften Zuordnung des weiblichen Geschlechts gleich zu Beginn aller Geschichten zieht sich dann durch alle Zeiten. Jetzt erst, in unserer Zeit, bröckelt es.

Arschkarte?

Du als Fussballexperte weisst, was es bedeutet, wenn der Schiedsrichter die rote Karte aus seiner Gesässtasche zieht und zückt. Platzverweis ist die Konsequenz.

Paradox finde ich, wenn jene ersten Menschen unbedingt aus dem Paradies hinaus wollten – zumindest geistig, und warum unsereins heute danach strebt hineinzukommen.

Kein Gewicht will ich an dieser Stelle der Islam-Tradition geben, der mit den 72 Jungfrauen für die Männer. Frauen soll auch in den Himmel kommen, aber nur auf Erden Unverheiratete kriegen dort einen himmlischen Ehemann. Bevorzugt werden die mit grossen, schwarzen Augen – Koran 56,23.

Jaah!

„Wer will denn das hören?"

Ich höre schon Laureens Kommentar zu meinen paradiesischen Verweisen. Anna Luisa ist gegenüber meinen Betrachtungen unkritischer, nein, eher interessierter.

Noch 3 Tage bis „7 Jahre heiraten"

Paradies hin, Paradies her. Ich lebe doch in fröhlichen Zeiten, nicht in Zeiten, wo ich wünschte, sie wären nicht.

Noch kürzlich hiess ja die - im Rahmen von Themenabenden bei allpha60 - von Lisa und mir vorbereitete Adventsfeier 'Fröhliche Weihnacht'.

Damit verbunden war nicht nur Besinnliches zum Fest sondern auch darüber Hinausgehendes, was gerade den Religionskult oder das Spitzenereignis des Konsums hinterfragt. Und das locker von uns vorge-tragen.

So hatte ich aus einem Buch, das jeder dem Namen nach kannte, aber keiner der Anwesenden je in die Hände genommen hatte, einen Text vorgelesen.

Mit einer Reihe lyrischer Anteile war dort die Geburt Jesu beschrieben, Marias Jungfrauengeburt. Dort hatte im Vorhinein aber ein Engel mitgespielt. Mit 'Maria' ist auch die 19. Sure des Kor'an betitelt, natürlich arabisch geschrieben.

Absoluter Höhepunkt war, wie Lisa Bertolt Brechts Gedicht 'An die Nachgeborenen' vorgetragen hat, vor den meist älteren Zuhörern.

Alle zusammen also ein Generationenverbund!

Brecht hatte bereits in den dreissiger Jahren unter dem Druck der nationalsozialistischen Hierrschaft eine Weg-weisung für uns Nachgeborene heute verfasst. So kommentierte ich es einleitend bei der Vorweihnachtsveranstaltung.

Ich liebe dieses Gedicht.

Zunächst dachte ich, dass die Leute ins Gähnen gerieten, bei Lisas langsamer Vortragsweise. Dann merkte ich bei mir, dass ihre Worte und damit die von Brecht ankamen, und sah das gleiche in den Gesichtern der Leute.

Lisas langsames aber deutliches, emphatisches Sprechen schaffte tatsächlich eine Situation des Hörens, dass das Gedicht verstanden wurde, und es jeder auf sich beziehen konnte. Ich habe erst durch Ihr Vortragen mitbekommen, dass Brecht starke Anleihen an den Prediger in der Bibel und dessen Ratschläge und Weisungen im Alten Testament genommen hatte.

Klar habe ich ihr danach gesagt, sie sei grosse Klasse gewesen.

Lisa hatte 'Danke' gehaucht, mit einem zauberhaften Lächeln.

Und das hat mich wiederum erfreut.

Im Gedicht lässt uns Brecht seinen Abgesang auswen-dig lernen, gleich viermal nennt er ihn:

„So verging meine Zeit, die auf Erden mir gegeben war." Und dann sein Abschiedswunsch an die Nachgeborenen: „Gedenkt unserer mit Nachsicht."

Mir fällt da ganz Ähnliches zur Situation ein.

Es ist von Friedrich Nietzsche. Betitelt hat jener das Gedicht mit >Die Sonne sinkt< und bleibt dabei – im Vergleich zu Brecht – ganz bei sich, zuletzt in einem   Ruderboot – ich vermute ohne Rückschau,: „schwimmt nun mein Nachen hinaus".

Ohne Verheissung, aber voller Erwartung!

Sophie habe ich in ihrem Nachen begleitet. Sie und ich hatten eine starke Seelenverbindung, über viele Jahre. Eine körperliche Beziehung war es nicht. Nackt hat sie sich mir einmal gezeigt, damit ich nach ihrer Bypass-Operation sehe, wie weit Brust und Bauch schon wieder verheilt waren. Ich hatte Mühe hinzuschauen.

Heilige Nacktheit.

So empfinde ich nicht zum ersten Mal.

Bei meiner Oma war das auch so. Eine Woche vor ihrem Tod hatte ich an ihr die Dimension von Kacken, von 'aufs Klo können' begriffen.

Ich besuchte sie im Krankenhaus, in das sie ein paar Tage zuvor wegen Altersschwäche eingeliefert worden war. Es wurde anthroposophisch geführt, was bekanntermassen den Menschen mehr als andere in den Mittelpunkt stellt. So hat das Krankenhaus nur Zweibettzimmer. Klo mit Dusche sind im Mitteltrakt zum Nebenzimmer.

Ein bundesweites Vorzeigekrankenhaus.

Auf dem Parkplatz vor dem Eingang kamen mir damals meine Eltern entgegen. Meine Mutter wollte mich vorwarnen. „Mit Oma kannst du nicht mehr so richtig sprechen. Sie redet immer vom Müssen, vom 'aufs Klo können'."

Und das tat sie. So langsam kam ich dahinter. Sie wollte das Wohlgefühl, die Erleichterung von früher spüren. Dauernd drückte es. Sie drückte und drückte. Aber es kam nichts. Sie bat mich, sie auf's Klo zu bringen. Laufen könne sie nicht, meinte sie. Ich nahm meine Grossmutter hoch. Trug sie zum Klo. Sie war federleicht. Ich zog ihr die Hose herunter, hob ihr Hemd. Ich sah meine Großmutter nackt.

Boh. Es nimmt mich mit, während ich dies schreibe.

Erfurcht ergriff mich.

Es war wie eine heilige Begebenheit. Als Betrachter war ich nicht mehr in dieser Welt.

Klar sehen und sich vorstellen, dass das Angesehene nur verschwommen gesehen werden durfte, an sich nicht anzusehen war!

Vergleichbar nur mit der Begegnung im Alten Testament 'Moses und Jahwe, der aus einem brennenden Dornbusch herausspricht, auf dem Horeb'. Du kennst die Geschichte.
Sie drückte. Sie guckte. Ich guckte mit.
Es war nichts gekommen. So richtig betrübt war sie nicht. „Vielleicht später," meinte sie trocken. Ich nahm sie wieder hoch und trug sie ins Bett. Eine Woche später war sie tot.

> Das also ist
> Denken, Fühlen, Sprechen der letzten Tage.
> Kommt was oder kommt nichts,
> als Zustand, nicht als Frage.

Wenn ich heute auf Sophie zu sprechen komme, spreche ich ihren Namen langsam, gleichsam mit Bedacht. Mit einer Namensnennung ist viel von einer Person verbunden. Namen gründen eine Person.
Zumindest haben sie eine besondere Bedeutung.
Laureen wird von mir 'Musli' genannt. Und das hat - wie du weisst - seinen Grund. Anna Luisa kürze ich auch nicht ab, schon mal beim Notieren, da schreibe ich 'Alu'. Ihren früheren Namen 'Liesel' habe ich gar nicht mehr auf der Latte, wie man sagt. Meine Exex Helen nannte ich ja schatje.

Der Theologe unter den Aposteln, der Hannes, beginnt sein Evangelium mit >Im Anfang war das Wort<. Präzise übersetzt müsste es heissen: „Im Anfang war die Benennung, die Namensgebung".
Interessanterweise findet sich im Alten Testament der Bibel an der einen oder anderen Stelle der Hinweis, dass die Namensgebung in das Hoheitsgebiet der Frau fiel.

Oberwasser und ein gefundenes Fressen für die Verfechterinnen des Matriarchats!

In der früheren DDR war die Namensgebung das Tor zur Welt, zur westlichen Welt. Vor der Wende hatte bereits eine Vielzahl von Mädchen und Jungen Namen, die häufig von den Figuren in West-Filmen und im West-Fernsehen übernommen waren. Für alle mag ich hier Kevin oder Peggy nennen. Heute, viele Jahre nach der Wende, hat sich alles eingependelt.

Die Namensorientierung geht wieder auf die grossen Eroberer wie Alexander und Katharina oder hält sich an den uralten hebräischen Vorbildern fest, wie Sarah oder David. Sie finden sich auch auch bei denen mit Islam-Tradition. Ist so!

Bei Laureen tun sich die Leute auch schwer, die rechte Betonung zu finden. Sie möchte dass man ihren Namen „Lorehn" ausspricht. An sich ist ihr Name englischer Herkunft. Das passt ja zur Bretagne, wo sie zu Hause ist.

Zur glorreichen Zeit der Ritter der Tafelrunde war Bretagne nicht wirklich anders als Grande Bretagne. Die Geschichten um Morgan, Ginevra, Artus, Lancelot, Merlin spielen auf beiden Seiten des Kanals. Die Fährverbindungen wurde rege genutzt.

Bei einem Namen komme ich in Schwierigkeiten, eben wenn von 'Hartmut', irgendeinem Hartmut, die Rede ist. Kaum gedacht oder gesprochen kann schon eine Träne kommen, jedenfalls zieht mich die Geschichte drumherum mit meiner Tochter in den Bann.

4 Jahre war Sabine damals alt.

Sie war ein paar Tage bei ihren Grosseltern, als ihre Oma völlig aufgelöst anrief. Es dauerte bis ich kapierte, was sie meinte; ich hatte immer nur im Ohr 'der muss weg'.

Es war Sonntagmorgen, als ich im Anschluss an das Telefonat Hartmut, wie der siebzehnjährige Gehilfe des Bauern - unser Vermieter - hiess, auf dem Hof suchte und fand. Ich musste so an mich halten, ihn nicht gleich zu schlagen.

Ich versuchte klar zu denken.

Im Ohr hatte ich noch die Mitteilung meiner Mutter, dass Sabine mir oder ihrer Mama nichts berichtet habe, weil der Hartmut ihr gedroht habe „Du darfst nichts deinen Eltern oder Bruder sagen." Dabei habe er ihr ein Messer vor den Bauch gehalten.

Unsere Tochter hatte dann ihren Grosseltern berichtet, denn für jene galt das Verbot ja nicht.

„Du hast meine Tochter vergewaltigen wollen? Hast du's getan?"

Ich merkte, wie ich ausser Kontrolle zu geraten drohte. Hartmut musste das gespürt haben, er antwortete sofort:

„Es ist nichts passiert."

„Ja, weil Sabine nicht wollte."

Ich merkte, wie brüchig meine Stimme wurde, aber ich musste es aussprechen:

„Du hast von ihr verlangt, dass sie deinen Schwanz in den Mund nimmt und ihr das Messer vor den Bauch gehalten!"

Ich weiss nicht mehr, ob er Angst hatte, weil ich so drohend wirkte. Oder weil ich mich in seinen Augen so ruhig verhielt.

„Es passiert nicht wieder."

Hartmut gab sofort alles zu.

Was noch für Worte gefallen waren? ich weiss es nicht. Wichtig war mir aber zu betonen, dass Sabine nicht gegen seine Forderung verstossen hat, eben nicht den Eltern zu berichten was geschehen war.

Ich hatte ihm mitgeteilt, dass er eine Bestrafung zu erwarten habe. Ich würde sie mit dem Bauern und der Bäuerin besprechen, wenn die beiden vom Sonntags-gottesdienst zurück seien.

Der Bauer kam allein, weil seine Frau noch bei Nachbarn eingekehrt war. War mir recht, dass ich erst einmal allein mit ihm sprechen konnte, denn Hartmut war der Bäuerin schon wie ihr jüngstes Kind. Und Emotionen versuchte ich ja gerade abzublocken.
Ich bat ihn zu mir in mein Arbeitszimmer unter'm Dach.
„Du schliesst ab, wo wir beide drin sind?" meinte er verwundert.
„Ich sag dir jetzt etwas zu Hartmut, und da möchte ich nicht, dass du gleich losrennst und ihn erschlägst."
Das ist nicht nur von mir so gesagt; ich sehe vielmehr die Gefahr konkret.

Ich hatte es geahnt. Er war aufgesprungen und wollte aus dem Zimmer, um selbst Hartmut zur Rechenschaft zu ziehen. So nannte er es. Ich wusste es besser, er würde Gefahr laufen, ihn totzuschlagen. Und Hartmut hätte keine Chance mehr, und er selbst käme in den Knast.
„Auf meinem Hof. Auf meinem Hof," rief er immer wieder.
Nun, Hartmut hat überlebt und musste den Hof verlassen. Vor allem schatje war kategorisch: „Mit dem leben wir nicht mehr zusammen auf dem Hof!" Sie bekam Unterstützung von der Kriminalpolizei, die ein ähnliches - und vollendetes - Vergehen von ihm in der Kreisstadt untersuchte. Es dauerte ein, zwei Wochen bis er ging.

Das Jugendamt hatte sich eingeschaltet und versucht, das gemeinsame Weiterleben auf dem Hof als das beste für Hartmut hinzustellen. Ich musste tatsächlich mit dem Jugendamt in den Clinch gehen.

Etwa zwei, drei Jahre später klingelte es an der Tür.

Hartmut stand da und wollte gern mit mir sprechen. Er war aus dem Gefängnis entlassen. Wir gingen ein wenig spazieren. Er war gekommen um mir zu danken, dass ich seinerzeit seinen Erzieher, den Bauern, zurückgehalten hatte. Auch er hatte es für möglich gehalten und Angst gehabt, dass der ihn hätte erschlagen können.

Dass die Sitten auf einem Bauerhof rauh sind, das weiss ich seit der Zeit.

Dass Sabine mir Jahrzehnte nach diesem Geschehen eben dieses Geschehen vorhält, ich habe mich nicht genügend für sie gegen Hartmut eingesetzt, macht mich baff, rritiert mich.

Ich will mich nicht zu viel in Selbstgerechtigkeit sulen, ich weiss, dass ich es war, der zur Mässigung der Aggressionen auf dem Bauernhof keinen kleinen Anteil hatte. Nein, mir geht's um was anderes.

Nämlich darum:

In unserer Familiensituation soll der Begründungszusammenhang für Sabines Leben mit Frauen zu suchen sein. Alles, was später in ihrer Entwicklung passiert ist, sollte in diesem Geschehen liegen?

Nicht eindeutig aber zumindest sie irritierend.

Also nichts mit Genen!

Das kann so sein. Mich kümmert's nicht wirklich.

Jeder hat sein Leben für sich.

Auch meine Tochter!

Noch 2 Tage bis „7 Jahre heiraten"

Für Anna Luisa bin ich permanent zugegen. In einem Mail schreibt sie: „.., wobei du mir ununterbrochen durch Herzklopfen präsent bist, (ich hoffe doch sehr, dass bald ruhigere Zeiten kommen)."

Ich hoffe doch, bei ihr ist nichts Ernstes. Ich kann es ja nicht wie damals vor 50 Jahren beim Meeresleuchten mit starken Armen wegdrücken.

'Herzklopfen' kenne ich auch, habe es aber nur in wenigen Stressphasen erlebt, immer dann, wenn ich spürte, ich bekomme meine Wünsche nicht mit den Anforderungen auf einen Nenner. Jetzt schon lange nicht mehr. Ich fühle mich ausgesprochen aus-balanciert.

Anna Luisa schliesst dies Mail mit einer wunderbaren Frage, wobei ich mir vorstelle, dass sie auch über ihren Schatten springt, ich meine sexmässig.

„Wohin möchtest du vorsichtig geküsst werden?" fragt sie.

Na ja, mit 'vorsichtig' hat sie sich ja schon eine Risikoabwehr eingebaut, aber sie geht auch ein Risiko ein, schliesslich darf ich die Kusspartie bestimmen.

Den Nachmittag bin ich schon wieder bei ihr in Duisburg.

In der Seele weh tut es mir, als sie sich nackt vor mich stellt und bemerkt, dass sie gar keine Scheu habe, sich so entblösst vor mir zu zeigen. Wobei sie nicht unkoketthaft auf ihre doch immer noch so schlanke Figur hinweist.

Ich sehe sie und sehe das Alter an ihr. Ich strebe danach wegzugucken. In diesem Moment wünsche ich mir, sie zu lieben, sie lieben zu können, sie so zu nehmen wie sie ist, geworden ist.

Poh.

Es klickt bei mir nicht. Nicht mehr.

Mein Verhalten danach drängt sie zu fragen, was ich nun für sie empfinde. Es geht mir auf den Geist, denn ich fühle mich bei ihr wohl. Wie jemand, dem bei der Heimkehr die Pantoffeln hingestellt wurden und zum Essen gerufen wird. Nicht nur, aber das fällt mir gerade hierzu ein, weil ich da nicht weiter nachdenken will.

Dann sage ich ihr, was ich empfinde. Wie es mit meiner Zuneigung zu ihr steht. Eben keine Liebe.

Poh.

„Es wird eng." Mein Kopf, mein ganzer Körper wartet auf den Ruck. Immer noch ist Anna Luisa mir so nah, dass ich zu keiner echten Einstimmung auf die Hochzeit mit Laureen komme. Sie zu bitten den Termin in Camaret-sur-Mer zu verschieben, traue ich mich nicht.

Ich frage mich schon laut: „Kann ich mir Anna Luisa auch nach der Hochzeit mit Laureen warmhalten? Laureen und ich planen ja für zwei Aufenthaltsorte."

Zur Erklärung für dich:

Ich nannte unsere künftigen Wohnorte schon - Düsseldorf, Berlin. Sicher, in Berlin werden wir am meisten Zuhause sein, wenn Laureen erst einmal dort eine Anstellung haben wird. Und wenn ich in Düsseldorf bin, ist Duisburg, wo Anna Luisa wohnt, gleich nebenan.

„Durch dick und dünn, in guten wie in schlechten Tagen!"

Hannes, der Alt-Gediente in Sachen Ehe und jetzige Lautenspieler, hat mir die Leviten gelesen. Auf 'bis der Tod euch scheidet' hat er verzichtet, vergessen hat er es bestimmt nicht.

Sie waren schon markig, seine Worte. Emphatisch vorgetragen, als wir auf der Eckbank in einer Brauereigaststätte in der Düsseldorfer Altstadt sassen. Ich hatte gleichsam ein Hilfeersuchen an ihn gesandt.

„Dein Entscheidungsbrimbrambrorium, ob's die eine oder die andere ist oder gleich beide, da hast du ja Erfahrung," Das wischte Hannes hinweg. Er bewegte dabei tatsächlich seinen rechten Arm mit Schwung nach aussen.

„Du kennst das doch als Theologe: '.. und hätten die Liebe nicht'. Liebst du sie überhaupt?

Heiratest du etwa ohne deine Laureen zu lieben?

Liebt sie dich?

Ein Ehevertrag über 7 Jahre, das macht doch kein Standesbeamter!

Und was ist mit der anderen, der Anna Luisa?"

Wie ein Maschinengewehr dachte ich.

Sicher, bei ihm war es mit Liebe losgegangen. Aber schon vor dreissig Jahren, da war er 10 Jahre verheiratet, nahm er genauso wie seine Frau Angebote zum Seitensprung an.

Du liest richtig, wir kennen uns seit fast vierzig Jahren.

Ich weiss, wie er denkt. „Die Bindung selbst geht über die Liebe hinaus," hatte ich noch gut im Gedächtnis. Ich hatte ihm da entgegnet: „Du kanntest doch deine Zukunft gar nicht, auch jetzt kennst du sie nicht. Wie kann man sich da auf alle Zeit festlegen?"

Da war tatsächlich Rage in mir, ein wenig: „Keiner weiss, was man in fünf, zehn, zwanzig oder wer weiss wieviel Jahren für den Gegenüber empfinden wird, wie sich die Partnerschaft im Laufe der Zeit entwickelt."

Er räumte ein: „Du meinst, ich gehöre zu den Kon-servativen in der Welt? Gut, das kann so sein."

Woraufhin ich mir schon überlege:

Wenn ich eine eingetragene Lebenspartnerschaft mit Laureen eingehe und sie mit mir, dann ist unser Weltbild auch nicht so un-konservativ.

Mein Grübeln wird stärker. Und ebbt gleich wieder ab.

Denn dass Laureen und ich eine Ehegemeinschaft mit über 50 Jahre Altersunterschied eingehen, dazu noch eine Fristsetzung von 7 Jahren im Ehevertrag einbauen, das hat ja wohl viel mit Verständnis für Emanzipation zu tun. Spielt sich auf Augenhöhe ab.

Dabei denke ich auch an die Leute um uns herum, angefangen bei Laureens Eltern, immerhin jünger als ich. Die sehen das irgendwie gelassen, auch erwartungsvoll, aber längst nicht zum Schaden ihrer einzigen Tochter.

So ähnlich hatte sich ihr Vater mir gegenüber geäussert. Wenn ich ihn richtig verstanden habe. Obwohl von deutscher Nationalität spricht er ja – wie du weisst – ausschliesslich Französisch. Er hatte gemeint, mit der Lust und dem Leid einer Ehe müssten wir klarkommen – wenn ich ihn richtig verstenden habe.

Mit Lust und mit Leid, mit tiefem Einatmen danach und mit grossem Aufatmen zuletzt, so erging es mir, als ich mit schatje und unserm Hund in den Bergen des Zentralmassivs in Frankreich eine Ferientour machte, im offenen Geländewagen.

In dem kleinen Städtchen am Tarn erfuhr ich im Bistro hinter der alten Steinbrücke, dass der Weg um das letzte Haus herum direkt den Berg hoch führte. Er würde eine beachtliche

Abkürzung zur weit entfernten Strassenführung mit vielen Serpentinen darstellen. Der Kellner zeigte auf einen alten abgestellten Gelände-wagen und machte deutlich, dass es nur mit solch einem Auto ginge. Er sah unsers' und meinte, wir hätten ja so eins.

Schon von der fünften Kurve an musste ich, um jene zu schaffen, immer ein Stück zurücksetzen und wieder neu einkurven. Ich dachte tatsächlich, das würde sich legen. Doch es ging so weiter.

Den ganzen Berg hoch!

Irgendwann bekamen wir beide es mit der Angst. Auch der Hund wurde unruhig. Jetzt hatten wir schon so viele Hin-und-Her-Kurven hinter uns, dass ich mich nicht mehr traute zurückzufahren.

Bei der Kurvenprozedur!

Das steile Hochkurven war natürlich mit einem Wahnsinnsausblick auf das Tal des Tarn verbunden. Später sah ich auf der Karte, dass wir 700 Meter hoch gefahren waren.

Der Weg wurde zum Trampelpfad mit meterhohem Buschwerk. Uns wurde klar, da war seit Jahren kein Mensch mehr hochgefahren. Gut, dass der Suzuki ein schmaler Geländewagen war. Ich stieg aus und ging mit dem Hund voran, um die Fahrbarkeit des Weges zu prüfen. schatje setzte sich an's Steuer.

Dann dachte ich, es ist aus, wir müssten unseren Wagen in der Wildnis aufgeben und vergammeln lassen. Vor uns war der Weg zur Hangseite durch einen quer verlaufenden Schmelzwassergraben ausgespült. „Da kommen wir nicht rüber." schatje meinte, der Wagen habe doch auch Antrieb, wenn eins der Räder nicht auf der Erde wäre und den Bodenbelag greifen könnte. „Zwei greifen doch immer".

„Du weisst", sagte ich ihr, „es kann gelingen, aber genauso kann der Wagen abgehen, den Hang hinunterstürzen - und wer drin sitzt, für den ist's Tschüss. Das überlebst du nicht. Eindeutig."

Um direkt fortzufahren: „Lass mich ans Steuer, halt du den Hund fest."

Zu ihren roten Haaren hatte sie ein knallrotes Gesicht gekriegt. Ich sah ihre Anspannung. „Nein, ich will fahren."

Es war so was von definitiv, ihre Aussage. Ihr war völlig klar, dass damit gleich ihr Leben beendet sein könnte.

Später habe ich es nur noch einmal so von ihr vernommen, als sie mir sagte:

„Ich liebe dich, aber ich will mich von dir trennen und allein mein Leben bestimmen."

Wir besprachen wie sie am besten anfuhr und beschleunigte. Ich ging auf mehrere Meter Entfernung vor ihr her. Dann fuhr sie los . Der Wagen schoss nach vorn. Sie stoppte kurz vor mir. Ein Weinkrampf schüttelte sie. Meine ausgestreckten Arme fingen sie beim Aussteigen auf. Ich setzte mich ans Steuer. Irgendwann wurde der Weg breiter. Die Bergstrasse kam in Sicht. Ich hielt an und atmete minutenlang tief ein und aus.

Am Abend übernachteten wir wie üblich unter freiem Himmel. Ganz ruhig und völlig gelöst lagen wir nebeneinander auf dem Rücken und schauten zu den Sternen. Wir liebten uns sehr.

Kurz noch ein Wort zu unser beider Vorerfahrung. Ja, ein solche hatten wir. Drei Tage zuvor war es gewesen, wieder mit dem Geländewagen, diesmal im Meer. Ja, muss man so sagen, nicht am Meer sondern im Meer.

War es für mich eher ein Spiel?

Ich konnte ja schwimmen. schatje auch.

Über Salin de Giraud hatten wir den Meeresstrand der Camargue erreicht und waren weit hinter die letzten Wildcamper hinausgefahren.

Hatten ja einen Geländewagen.

Irgendwann kam die Flut mit heftigem Wind gepaart. In der Zeitung stand am nächsten Tag, der Marin, der Sandsturm aus der Sahara – auch Schirokko genannt, sei diesmal ungewöhnlich heftig gewesen. Alle Wildcamper waren fort. Der weite flache Strand vom Meer überflutet bis an die Dünen.

„Da kommen wir nicht durch". Nicht durch's Wasser, nicht über die Dünen!

Natürlich war auch die erhöhte Sandbank, über die wir hergekommen waren, nicht mehr zu sehen. Ich wusste genau, dass sie nur einen Sprung entfernt war und parallel zum Ufer verlief. Dreissig Meter höchstens, da wo wir waren. In dieser Entfernung, vielleicht ein bisschen mehr, hatten wir sie für die Hinfahrt benutzt. schatje schaute kurz zu mir herüber, sagte nichts. Ich lenkte den Suzuki aufs offene Meer zu. 'Nicht den Fuss vom Pedal nehmen', hatte ich für Wasserdurchfahrten gelernt. Dann ging das Wasser unter uns etwas zurück. Das musste unsere Sandbank sein.

Ich wendete nach links in die Richtung, wo wir vor Stunden hergekommen waren. Wir fuhren im Meer, mit dem Auto. Sehen konnte ich nur wenige Meter. Das bringt der Marin so mit sich, wie ich später erfuhr. Einmal knickte der Wagen vorne ein; die Sandmulde hat mich doch erschreckt – und schatje erst einmal. Dann hatten wir wieder unsere übliche Wasserhöhe. Gott sei Dank schlugen die Wellen erst direkt hinter uns um. Es war eine Fahrt über's offene Meer. So fühlten wir uns. Verschwommen kam uns die Zufahrt zum Strand in den Blick.

Die verbliebenen Leute dort starrten uns an, als hätten sie noch nie ein Auto aus dem Meer kommen sehen. Wir hielten nicht an, erst an der nächsten Tankstelle, um den Suzuki von Meerwasser und Sand zu säubern.

Irgendwie ein Spiel, das ganze.

Du weisst, der Ernst kam drei Tage später.

„Wir mäßigen uns maßlos," meinte dieser Tage der Kulturphilosoph Robert Pfaller. Gerade widmete die Rheinische Post dem Ordinarius für Philosophie an der Wiener UNI für angewandte Kunst mehr als eine halbe Seite. Ich schätze Pfallers Kritik, dass „die lebenserhaltenden Maßnahmen jegliche Lebensfreude überschatten". Noch konkreter wird er: „Ein Leben, das das Leben nicht riskieren will, beginnt unweigerlich dem Tod zu gleichen.

Vorzeitige Leichenstarre!"

Andererseits: der Schweizer Schriftsteller und Theologe Kurt Marti antwortet dieser Tage in einem Interview auf die Frage, wie er am liebsten sterben wolle:

„Ich habe wie die meisten die Idealvorstellung: umfallen und tot sein. Das ist die Utopie des Sterbens."

Der Interviewer insistiert hartnäckig, wann es sein solle: Darauf Marti:

„Mit 89 Jahren bin ich längst überfällig."

Um anschliessend hinzuzufügen: „Hier im Altersheim erfahre ich: Der Tod kommt am Ende als Befreier. Wenn man am Sterben ist, denkt man weniger ans ewige Heil oder das Schicksal seiner Seele. Man ist mit dem Verhalten des eigenen Körpers beschäftigt. In alten Kirchenliedern kommt das noch vor:

'Gib uns ein sanftes Sterben.'

Mit der heutigen Lebensverlängerung geht oft auch eine Sterbensverlängerung einher.

Das Sterben kann qualvoll und langsam sein."

Wenn jene wüssten, was ich für die Zukunft vorhabe, eine junge Frau dabei nicht von meiner Seite weicht, und eine ältere Dame mich durcheinanderbringt!

Was mir auffällt:

Beide, der Österreicher Pfaller wie der Schweizer Marti, machen sich keine Gedanken über das Nach-dem-Leben, dem Eintritt des Todes. Mit ihrer Betrachtung 'Das Nichts ist ein Loch ..' wagt sich da die 14-jährige Annabell ein ganzes Stück weiter.

Noch mal der Verweis auf's Stimmungsbild ganz zu Anfang!

Als Hannes und ich uns verabschieden, wünscht er mir „Viel Glück". Ich entgegne nur trocken: „Sind doch nur 7 Jahre."

„Und zwei Frauen," fügt er lakonisch hinzu.

Als er - schon im Abdrehen - mich dann ansieht, etwas blinzelt, sagt er nichts weiter, lächelt nur.

Später denke ich:

Die Weisen sind unter uns.

Ist wie bei Reiner, meinem etwas älteren Freund — er ist 86 — und ein Meister fernöstlicher Kampfkunst. Aktuell gibt er zweimal die Woche Unterricht in Tai Chi. Für mich ist es 'langsames Karate'. Dort im Diakonischen Zentrum hat er nur Frauen um sich, von 25 bis 75.

Ja, Reiner ist ein echtes Mannsbild — würde man in Bayern sagen!

In Diskussionen würgt er schon mal ab. Seine Killeraussage ist: „Ist doch ganz einfach .."

Kaum jemand wagt da noch einen Widerspruch oder eine Ergänzung. Er blickt dann auch sehr streng.

Ich bin der einzige, der in solch einem Moment sich traut, eine lockere Bemerkung zu machen, wie „Ach, Reiner" oder so. Zwischen uns geht's durchaus – früher hätte man gesagt – ritterlich zu.

Grosse Anerkennung untereinander!

So nimmt er mir keine meiner Bemerkungen krumm.

Krumm habe ich ihm genommen – ein wenig, dass ich eines Tages mit der Post ein Buch zugestellt bekam, eins über Astrologie. Er hatte mir nur gesagt: „Du kriegst in Kürze was mit der Post".

Ich sagte ihm, es sei nichts für mich.

„Dann wirf es doch weg," meinte er, nicht unheftig. Ich tat es.

„Du bist der einzige, der mich versteht," hat er nicht nur einmal zu mir gesagt.

Wie gut mir das tut!

Noch 1 Tag bis „7 Jahre heiraten"

Da lese ich mit grossen Augen, was mir bei der Loslösung von den meisten meiner Bücher in die Hände gefallen ist. Ist von mir und geschrieben, in rot.

Das leicht vergilbte Papier fasse ich wie ein altes Schätzchen. Es ist ein Fragment, am oberen Teil der Seite abgerissen.

Ich habe da geschrieben:

„Was mich stört, sind die Verhältnisse. Aber sie stören nur. Sie verändern nicht meine Liebe zu Dir. Ich habe mich einmal für Dich entschieden. Da waren so manche, die ich mochte. Doch in meinem Innersten konnt ich nicht von Dir lassen. Wollte ich auch nicht.

Du sagst, Du schneidest Dir den Hals nach Deiner Eroberung durch mich ab. Die gleiche Konsequenz ist - es sind Störungen gleicher Natur, wenn Du mir den Hals abschneidest.

Holt Spiritus!

Du, die, das Andere bist für mich das Wichtige.

Dich liebe ich."

Ich fühle mich aufgeschmissen. Keine Ahnung, zu wem ich das gesagt habe. Und - wer sich nach der Eroberung durch mich den Hals abschneiden wollte.

Die Revue startet. Kein Ergebnis.

Ich schliesse nicht aus, dass ich hier auch von einer angehenden Liebe – die noch nicht wirklich eine war – gesprochen habe. Jetzt will ich's aber wissen.

Was ist eigentlich *Liebe*?

Mit über Siebzig müsste mir das doch klar sein.

Eigentlich.

Liebe, jemanden lieben, ist etwas Rüttelndes. Es wird tatsächlich ernst. Etwas Mitreissendes, etwas Wegfegendes.
Liebe ist ein gespanntes Band, ist spannend.
Liebe ist Spannung und Gelöstheit. Nicht in einem sondern in Aktion und Reaktion. Im Geben und Nehmen. Im totalen Begehren und bedingslosen Sich Überlassen. Subjekt und Objekt tauschen dabei dauernd die Plätze. Das heisst auch:
'Auf Augenhöhe' ist nicht durchgehend sondern in summa!
Mir fällt ein: Sie liebt mich, sie liebt mich nicht, sie liebt mich, sie liebt mich nicht, sie liebt … Ein gefleddertes Gänseblümchen ist das, was übrig bleibt.

Liebe geht noch weiter - ihren Weg.
Liebe ist das Annehmen von Freud und Leid oder wie der Pfarrer predigt, und wir eben noch von dem Lautenspieler Hannes hörten:
in guten und in schlechten Tagen.
Liebe ist Zielrichtung beim Dahinleben.
Liebe ist ein ethischer Impuls, den Weg des Lebens mit dem Anderen, dem Fremden, dem Nicht-Ich, zu gehen.
Liebe ist sich öffnen, damit der andere möglichst viel hineinsieht, sich hineinstellen kann, in der Lage ist, Ergänzungen zu entwickeln.
Alles sagt mir:
Liebe ist ganz einfach da, da unter, zwischen, in zwei Individuen. Wie die Werbung bei sport1TV:
Mittendrin statt nur dabei.

Wo wir nicht darum herum kommen, ob wir denn wollen oder nicht:
Liebe führt zu Konsequenzen.

Auf ein Neues – wieder einmal in unserem Leben.
Wie oft eigentlich noch?
Wir müssen neu lernen zu leben, das Zusammenleben lernen.
Wie 'Ich' und 'Du' es miteinander können, aushalten können.
Eingabe und Weggabe von eigener Individualität ist eine Forderung, der sich niemand in der Liebe voreinander entziehen kann.

Nicht entziehen konnte ich mich einem Ereignis, dass aus der Konsequenz meiner damaligen Liebe zu Alex herrührte.
Meine damalige Ehefrau bestand darauf, dass ich bei der bevorstehenden Geburt unseres Sohnes dabei sein sollte. Das sei ich ihr und unserer Liebe schuldig.
Ich hatte herumgedruckst und versucht noch mit „ich kann doch kein Blut sehen" dem zu entgehen. Noch nie zuvor war ich bei einer Geburt zugegen gewesen, hatte auch keinen Film darüber mir angeschaut. Und wenn doch mal ein Spielfilm die Geburtssequenz zeigte, habe ich eben die Augen zugemacht.

Aber Alex hatte ja deutlich gesprochen, dass unser Kind einen besonderen Bezug zu mir, dem Vater, haben sollte.
"Ich schenk dir ein Kind, aber du musst es gross ziehen".
So kam es denn auch, dass ich zum ersten Mal in meinem Leben von morgens bis abends (und zuweilen auch nachts) 7 Tage die Woche für ein Kind verant-wortlich war.
Aber der Start war holprig und begann mit der Geburt in einem kleinen Krankenhaus im Erzgebirge.
Eine ganz eigene Geschichte!

Dass mir zu meinen Gedanken zu *Liebe* und deren Konsequenzen und vorher zu Sterbengehen und Tod diese

Geschichte eingefallen ist, wie mein jüngster Sohn, der Carel, ins Leben kommt, das lässt mich jetzt mit offenem Mund so dasitzen.

Nach dieser Entsprechung ist mein Kopf wie leergefegt.

Gleichsam meine Leere aufbröselnd füllt Stück für Stück Laureen meine Gedanken.

Gerade kommt ein Mail von Anna Luisa herein. Erst will ich es gar nicht lesen, schliesslich hat sie von mir gestern erfahren, dass ich keine engere Beziehung zu ihr eingehen möchte.

Gut, dass ich sie noch am Nachmittag bei der allpha60-Veranstaltung mit Klaas Wilhelm bekanntgemacht habe. Schon wieder ein Professor in ihrem Leben.

Mit keinem Wort hatte ich meine bevorstehende Heirat erwähnt, wohl dass ich mit einer anderen Frau zusammen bin, einer Zwanzigjährigen.

„Was?" Ihre Frage hatte Rufqualität, so laut war sie.

Keine Diskussion!

Dann habe ich mich einfach verdrückt.

Mach mich heute noch auf den Weg nach Frankreich, zu Laureen, zu der Frau die sich mit mir für 7 Jahre verheiraten will. Der Termin in Camaret-sur-Mer steht.

Meine Neugier obsiegt. Anna Luisa schreibt ohne Anrede, ohne Gruss am Schluss:

> *„Das haut mich um!*
> *Ich wünsche mir einen versöhnlichen,*
> *sanften Abschied.*
> *Ich verdanke dir so viel!*
> *Das 3 Gänge Menü steht noch aus.*
> *Willst du kommen?"*

Und dann fügt sie ein Gedicht an. Ganz eindeutig: das ist ihr Seelenzustand. „Mein Abschiedsgedicht für dich, Ulla Hahn hat es 1981 veröffentlicht:

Mit Haut und Haar
Ich zog dich aus der Senke deiner Jahre
und tauchte dich in meinen Sommer ein
ich leckte dir die Hand und Haut und Haare ….

Ich will darauf nicht eingehen, mit keinem Gedanken. Ich freue mich auf Laureen.

„Der morgige Tag ist mein."

Eigentlich möchte ich das so mächtig emotionale Lied aus dem Musical 'Cabaret', im Film mit der formidablen Liza Minelli, dir vorsingen. Es dreht sich in meinem Sinn und der Sinn in ihm. Aber, ich kenne kein weiteres Wort im Text. Die Melodie habe ich noch im Kopf.

Und die Bilder im Film: wie ein blonder Junge in Uniform der Hitler-Jungen den Gesang anstimmt und nach und nach alle – aber auch alle – in dem bayerischen Biergarten mitsingen.

Voller Inbrunst. Da wird dir heiss und bange.

Du kennst es bestimmt und weisst auch heute noch nicht ob du mitsingen willst oder abhauen sollst – solange es noch geht. Na?

Immer noch habe ich es nicht gerafft.

Mit Laureen.

Ist es nun Liebe oder was?

Erich Fried fällt mir mit seinem Versuch zu 'Was es ist ..' ein. Es hat was, sein Erklärungsversuch zu Liebe.

'Es ist was es ist, sagt die Liebe'.

Was es ist
Es ist Unsinn
sagt die Vernunft
Es ist was es ist
sagt die Liebe
Es ist Unglück
sagt die Berechnung
Es ist nichts als Schmerz
sagt die Angst
Es ist aussichtslos
sagt die Einsicht

Es ist was es ist
sagt die Liebe
Es ist lächerlich
sagt der Stolz
Es ist leichtsinnig
sagt die Vorsicht
Es ist unmöglich
sagt die Erfahrung

Es ist was es ist
sagt die Liebe

Eins aber weiss ich genau!
Liebe ist mir nicht fremd. Mehr als einmal habe ich geliebt und mehr als eine Frau. Einmal hab ich's inzwischen ja schriftlich. Du erinnerst dich: der kleine wieder aufgetauchte Zettel.
Nur, kann ich neu lieben lernen, neu empfinden?
Mir kommen Zweifel.
Das klingt alles so vernünftig, diese Pracht an und voll Gefühl.
Wenn das Wort Wahrheit ist: 'Liebe deinen Nächsten wie dich selbst',
dann, ja dann will ich doch mal sehen, ob ich mich selbst mehr, besser lieben kann.
Wenigstens das!

Der Tag

Der Tag beginnt in Frankreich, an der bretonischen Küste im Finistère, 'dem Ende der Welt'. Es ist früh am Morgen des 14. Juli, der Fète Nationale. Die Hafenstadt Camaret-sur-Mer ist noch nicht erwacht. „Paris s'éveille", ein betörend klingendes Chanson der Sechziger fällt mir ein.
Wer's gesungen hat? Keine Ahnung.

Ich stehe zwei-, dreitausend Schritte von den Häusern am Hang entfernt auf einem Felsvorsprung. Vor mir geht es 50, 60 Meter steil bergab ins Meer. Ich spüre es, sehe gar nicht hin: Laureen hat sich mir zugesellt und meine Hand genommen. Ich fühle ihre Wange an meiner Schulter. Alle Begegnungen mit ihr, der Frau für „7 Jahre heiraten" kommen mir in den Sinn. Für den Bruchteil einer Sekunde bin ich erstaunt:
Tatsächlich ist alles, was wir gemeinsam erlebt haben, gleichzeitig präsent und mit einem Schlag.
Wie mir in diesem Moment auch noch Ezra Pound einfallen kann!

In how many varied embraces,
our changing arms,
Her kisses, how many,
lingering on my lips.

In ach wie vielartigen
Umschlingungen winden sich
unsere Arme.
Ihre Küsse, wie viele, immer
noch spüre ich sie auf meinen
Lippen.

Bei der Übersetzung habe ich mich diesmal von Eva Hesses' Übertragungen gelöst. Gerade zur Neuerscheinung von 'Los Cantos' ging sie noch als Pounds Übersetzerin durch die Medien, auch dass sie diesem kritischen und nicht angepassten

Dichtergeist über Dekaden die Treue gehalten hat. Hab ich ja auch; aber eigentlich nur seinen Dichtungen über die Liebe.

Für mich sind die Verse von Pound eine Hommage an Laureen.

Nein, so stimmt das nicht.

Was sag ich denn?

Pound spricht mir aus der Seele, für das eine gute Dutzend meiner Gefährtinnen, über einen Weg von gut 50 Jahren.

Fokussiert habe ich mich auf die Momente wo Entscheidungen gefordert waren, was in jenen Augenblicken mit mir und mit meinem jeweiligen Gegenüber geschehen ist.

Dabei habe ich Situationen gebündelt, darunter drei Ehen bzw. Eheähnliches über gut 40 Jahre, aber auch innige Beziehungen mit zwei Frauen zugleich, wirklich gemeinsam lebend, mit Kindern und Tieren.

Und es gab die Erste Liebe

als auch die Letzte Liebe.

Oft waren erstaunliche Altersunterschiede gegeben – wobei ich, der Mann, nicht immer der ältere sondern auch schon mal der jüngere war. Dass zwei-, dreimal meine Kinder meinen Lebensweg in meinen Partnerschaften zu bestimmen schienen: Ja, so isses.

So ergeht die Hommage an die Menschen, die mir innig begegnet sind und eine Zeitlang mit mir verbunden waren. Jene füllten mein Leben mit Ereignissen aus, die ich nicht missen möchte.

Eigentlich war es viel, viel mehr:

Sie führten mein Leben zu Höhepunkten.

Du weisst, wovon ich spreche.

Deine wirkliche Existenz spürst du nur in den existentialen Erfahrungen, die du machst. Sie sind es, die dich von Grund auf durcheinanderwirbeln.

Ja und dann - dann lassen sie dich so etwas wie Einmaligkeit empfinden.

Du fühlst dich einmalig und die Situation mit dir ist einmalig.

Wenn dieser Zustand eintritt – und wir alle erleben ihn ein Mal oder viele Male – meinen wir in dem einem Moment die Ewigkeit zu erfahren.

Na, da fällt dir doch was ein, was du selbst erlebt hast, nicht?

Ansonsten, mach dich auf den Weg!

Bei dieser Fülle von Erinnerungen kommt mir noch einmal in den Sinn, dieser eine Vers aus dem dir schon bekannten Gedicht von Pound in diesem Buch, der mit dem 'Olympian apathein', dem Loslassen in olympischer Qualität.

Ich merke, er ist mein Lebenswegweiser seit 50 Jahren oder so.

Hab ich doch tatsächlich mit 20 Jahren schon Gedichte gelesen – freiwillig!

Laureen scheint mich unverwandt von der Seite an-zustarren.

Von weit her höre ich ihre Fragen:

„Warum Luc?

Warum jetzt?"

Ich blicke aufs Meer.

Es sieht aus, als wenn ich ihren Blicken ausweichen will. Früher habe ich schon einmal in solchen Fällen Zuflucht bei Bob Dylon gesucht „The answer my friend is blowing in the wind".

Ich mag den Song.

Dieserart Einstellung ist auch eine Qualität des Alters. Also keine grossartigen Gedankengänge.

Dylon ist auch jetzt wieder für mich da:
„.. blowing in the wind".

Du hast, beste Leserin, lieber Leser, über all' die Tage bis zu „7 Jahre heiraten" ein Bild von mir gewonnen. Genau genommen: über 14 Tage und ein etwas.
Von mir weisst du jetzt Eins:
Ich habe nicht aufgehört mein Leben zu geniessen. Nicht nur das!
Vielmehr habe ich einen Gleichklang gefunden,
zwischen *riskieren und geniessen*.
Es ist zum Lachen.
Mir kommt gerade in den Sinn, dass ich nach dem Geniessen, nach einem Akt, genauer, nach einer Erektion immer niessen musste.
Gleich mehrfach!

So ab Teenagerzeit bist du mit mir meinen Weg der Entscheidungen gegangen, längs der Höhepunkte, die ich mit Frauen hatte. So manchen Tiefpunkt konntest du dir denken. Berichtet habe ich darüber das eine, das andere so behutsam wie möglich.
Du weisst: Es geht im Leben nicht ohne.
Aus der Fülle des Erlebten bleibt mir das wichtig, wie es mir mit mir ergangen ist, und was ich mit denen, mit denen ich aufs Innigste verbunden war, erlebt habe und jene mit mir.
Klar – könnte ich mich bei dem reflektierten Erleben meiner besonderen Lebensereignisse in Beziehungen noch viel stärker und in allen Einzelheiten auf berufliche Ereignisse, Kinderbindung, Elterngehorsam, Schule, Sport und was sonst

noch alles einlassen. Andeutungen gab es. Mehr kommt mir da in diesem Moment nicht. Soll es ja auch nicht!

An einem feierlichen Tag wie diesem gerät das einem Wichtige in den Fokus.
Nur das eine!
Ich will da nicht irgendwo noch hängenbleiben.
Besser als - mit - Hugo von Hofmannsthal kann ich es nicht ausdrücken; es stammt aus seinem *"Das kleine Welttheater oder Die Glücklichen"*:

"Wisst ihr nicht?
Dies alles ist nur Schale!
Hab so viele Schalen fortgeworfen,
soll ich an der letzten haften bleiben?"

Es geht tief hinab.
Ich ahne, wie ich mich einem erfüllten Leben nähere.
Ist dies das Glück?
Puh.
Da muss ich doch durchatmen.
Du hörst tief unter uns die krachend an die Felsen schlagenden Wellen!
Laureen verschwimmt vor mir. Gleichsam abgehoben steht sie da, die Beine im rechten Winkel wie eine Balletteuse, die linke Hand aufreizend in die Hüfte gestemmt, den rechten Arm angewinkelt und eine Zigarette rauchend. So kenne ich sie.

Ich danke ihr für die letzten 14 Tage, wo – nur unterbrochen von dem Zwischenauftauchen von Anna Luisa, meiner 74jährigen Jugendliebe von vor mehr als 50 Jahren – all' meine

Rückschau in den Fokus der Vorschau des Lebens mit Laureen gerückt ist.

„7 Jahre heiraten" - sie 20, ich 70, das gilt jetzt für immer. Für mich.

Mein Atem geht schwer. Meine Kraft verfliegt – im wahrsten Sinne des Wortes. Um mich herum nehme ich nur Schatten wahr.

Das Rauschen wird stärker.
Fülle von Meer umgibt mich.
Wieder daheim!
Ich seh' mich im Licht.
Fühl' mich eingebettet.
Ein letzter Ruck schüttelt meinen Körper.
Dann lasse ich los.
Losgelöst,
losgelassen.

Libellus – Reihe von *Karl Niemann*

Libellus I	Liebe – ein Traktat
Libellus II	„... und verschwende dich nicht!"
Libellus III	Lust auf Land vs. Lust auf Stadt? Die Schwelle ist die Quelle!
Libellus IV	„Warum nicht 7 Jahre heiraten !!" Teil 1 von > riskieren heisst geniessen <
Libellus V demnächst:	Nicht nur Herrenjahre! Ein 50-jähriger im Ruderboot Teil 2 von > riskieren heisst geniessen <

Age Manager Karl Niemann Theol.

karl.niemann@agemanager.de
www.agemanager.de
Telefon   015228723156